ANNE-MARIE ET LE
SECRET DU GRENIER

Titres de la collection

LES BABY-SITTERS

MYSTÈRE #5

ANNE-MARIE ET LE SECRET DU GRENIER

Ann M. Martin

Adapté de l'américain par
Marie-Claude Favreau

Données de catalogage avant publication (Canada)

Martin, Ann M., 1955-

Anne-Marie et le secret du grenier

(Les Baby-sitters. Mystère; 5)
Traduction de: Mary Anne and the Secret in the Attic.
Pour les jeunes.

ISBN 2-7625-8107-9

I. Titre. II. Collection: Martin, Ann M., 1955-
Les baby-sitters. Mystère; 5.

PZ23.M37An 1995   j813'.54   C95-940297-7

Mary Anne and the Secret in the Attic
Copyright © 1992 Ann M. Martin
publié par Scholastic Inc., New York, N. Y.

Version française
© Les éditions Héritage inc. 1995
Tous droits réservés

Dépôts légaux: 1er trimestre 1995
Bibliothèque nationale du Québec
Bibliothèque nationale du Canada

ISBN: 2-7625-8107-9   Imprimé au Canada

LES ÉDITIONS HÉRITAGE INC.
300, rue Arran, Saint-Lambert (Québec) J4R 1K5
(514) 875-0327

L'auteure remercie chaleureusement Ellen Miles pour son aide précieuse lors de la préparation de ce livre.

CHAPITRE 1

Maman! Maman!

Mais où est-elle donc? Je me sens tellement seule, malgré la présence du chaton pelotonné sur mes genoux et des deux vieilles personnes debout à côté de moi. Elles ne me sont pas étrangères, mais je ne me sens liée à elles d'aucune façon. Impassibles, elles me regardent appeler ma mère.

— Maman! Maman!

Je me réveille en sursaut. Ça me prend quelques instants avant de comprendre que je suis dans ma chambre. Ce rêve m'a paru tellement réel! J'avais même l'impression de sentir l'odeur de renfermé de la maison où je me trouvais, de toucher la douce fourrure du chaton que je tenais. Et la sensation de solitude et de peur éprouvée par la petite fille m'a semblé si vraie!

Je me frotte les yeux, comme pour chasser le rêve et les sensations bizarres qui l'accompagnaient. Me sentir seule, dans un lieu inconnu avec ces étranges personnes, quelle horreur ! En fait, je ne suis même pas certaine que la petite fille du rêve c'était moi. Et si c'était moi, c'était une bien petite moi. Tellement petite qu'elle ne pouvait dire qu'un mot : maman.

Bon, il est peut-être temps que je me présente. Je m'appelle Anne-Marie Lapierre et je n'ai pas l'habitude de faire des rêves étranges. Je suis une fille de treize ans très ordinaire. J'ai passé toute ma vie ici, à Nouville. J'ai une foule de très bons copains (et l'un d'eux est mon petit ami), un chaton répondant au nom de Tigrou (il n'est pas noir et blanc comme celui de mon rêve, mais gris), et une demi-sœur (qui se trouve être aussi une de mes meilleures amies), Diane Dubreuil.

Ce que je n'ai pas, c'est une mère. En fait, je n'ai aucun souvenir d'elle puisqu'elle est morte quand j'étais bébé. Alors j'imagine que je ne peux pas vraiment dire qu'elle me manque. Et pourtant, j'aimerais qu'elle soit là.

Mon père a bien essayé de la remplacer. Et il a fait tout ce qu'il pouvait pour moi. Mais un père, ce n'est pas la même chose qu'une mère, quoi qu'il fasse. Avant, papa était très strict avec moi, il s'est toutefois assoupli avec le temps. Je pense qu'il fallait que je l'aide un peu à apprendre comment être le père d'une adolescente. Par exemple, il ne savait pas qu'on ne doit pas forcer une jeune fille de première secondaire à porter des tresses et à s'habiller comme une gamine. Il ne savait pas non plus qu'une fille de douze ans est assez grande pour décorer sa chambre à son goût. Mais bon, je ne vais pas vous dresser une liste de tout ce que mon père ignorait des adolescentes, je suis certaine que vous pouvez l'imaginer sans peine.

J'ai toujours été très timide. Je pense que c'est parce que je suis fille unique et que j'ai été habituée à passer beaucoup de temps toute seule. Mais ces dernières années, j'ai compris que timide ne voulait pas nécessairement dire timorée. J'ai appris à négocier avec mon père et à remettre en question certaines des règles qu'il m'imposait. Les plus ridicules, en tout cas.

Je crois que papa a appris à me respecter et à ne plus me considérer comme une fillette sans défense. Il a compris que j'étais une jeune adulte responsable qui n'a plus besoin qu'on la couve. En plus, je crois que ça lui a permis de se sentir plus libre de mener sa vie à lui. Et c'est ainsi que je me suis retrouvée avec une demi-sœur !

Comment ça? direz-vous. Je m'explique. D'abord, j'ai une très bonne amie, nommée Diane Dubreuil. Je l'ai connue quand elle est venue vivre à Nouville et qu'elle s'est jointe au Club des baby-sitters, dont je fais partie moi aussi. (Je vous parlerai du Club plus loin.) Diane vient de Californie. Elle a de longs cheveux blonds et les yeux bleus. Elle est très décontractée et très individualiste. Elle adore les aliments naturels, comme les hamburgers au tofu et les laits frappés au soya (ouache!).

C'est à la suite du divorce de ses parents que Diane est venue vivre à Nouville, avec sa mère et son petit frère Julien. C'est ici que madame Dubreuil a passé sa jeunesse et pour elle c'était comme revenir à la maison, dans un endroit où elle se sentait bien. Mais pour Diane, ça n'a pas été facile. Nouville n'est pas la Californie. Entre autres, Diane détestait nos longs et rigoureux hivers. Mais elle s'est adaptée très rapidement, en partie parce qu'en devenant membre de notre Club elle s'est fait de nombreuses amies. Julien, lui, n'a pas réussi à s'habituer. Il était tellement malheureux que la famille a décidé qu'il serait mieux chez son père, en Californie.

Mais je m'égare. Je voulais vous raconter une belle histoire d'amour. Premier épisode: Diane et moi découvrons, en regardant leurs anciennes photos de classe, que mon père et sa mère sortaient ensemble au collège. Deuxième épisode : Diane et moi complotons pour qu'ils se fréquentent à nouveau. Résultat : la mère de Diane (que j'appelle maintenant Suzanne) et mon père (que Diane appelle maintenant Richard) tombent une fois de plus amoureux l'un de l'autre et se marient.

Et depuis ce temps, tout le monde est heureux. Enfin presque. Mon père, Tigrou et moi avons emménagé dans la maison de la mère de Diane et il nous a fallu un peu de temps pour nous habituer les uns aux autres. La maison est une très vieille maison de ferme (il y a même un passage secret qui pourrait être hanté !). Au début, Diane et moi avons essayé de partager la même chambre, mais nous avons vite compris qu'il fallait à chacune son espace personnel.

À tout prendre, nous nous entendons plutôt bien, compte tenu de nos différences. Mon père et moi sommes maniaques de l'ordre. Une place pour chaque chose et chaque chose à sa place. Chez nous, tout était rangé, organisé et impeccable. Et qu'en est-il maintenant que nous vivons à quatre ?

Suzanne est une femme merveilleuse et je l'aime beaucoup, mais elle est loin d'être ordonnée. En fait, elle ne l'est pas du tout. Premier exemple : avant notre arrivée, elle n'avait même pas d'aspirateur. Pour elle, le balai était bien suffisant. Deuxième exemple : un jour, après avoir cherché mes souliers partout, je les ai découverts finalement dans un placard, sous une pile de serviettes propres. Il m'est aussi arrivé de trouver une boîte de biscuits sur le guéridon de l'entrée, un magazine dans le congélateur, une bouteille de shampooing derrière la télévision. Troisième exemple : quand Suzanne fait le souper (souper qui se compose souvent de riz brun et d'algues), la cuisine a l'air d'un vrai champ de bataille.

Bien sûr, Diane et sa mère ont dû s'habituer à nous, elles aussi. Je sais que Suzanne n'est pas folle des chats, mais elle fait beaucoup d'efforts pour traiter Tigrou comme un membre de la famille. Et je dois dire que nous nous sentons tous comme dans une vraie famille, et ça, c'est formidable. Je n'ai jamais appelé Suzanne «maman» (c'est un terme que je réserve pour quelqu'un que j'ai perdu il y a très longtemps), mais c'est sûrement la meilleure belle-mère qu'on puisse trouver.

Je ne sais pas vraiment comment ce serait d'avoir ma mère. Est-ce que je serais moins timide, est-ce que j'aurais plus d'assurance si elle était là ? Je ne le saurai jamais. Et il y a beaucoup d'autres questions qui restent sans réponse. Par exemple, je ne sais pas quel genre de femme était ma mère, ni comment elle est morte. J'ai déjà essayé de questionner mon père, mais j'y ai vite renoncé. J'ai compris que ça lui faisait mal d'en parler, d'y penser, même. Chose certaine, il devait l'aimer énormément.

C'est peut-être ce qui explique que même si je suis très entourée aujourd'hui, avec Suzanne, Diane, Tigrou, papa et Louis (mon petit ami), je sens parfois un vide en moi. Et ce matin, en émergeant de cet étrange rêve, c'est ce que j'éprouve. Comme un trou, une impression de solitude. Je comprends très bien ce que ressentait la petite fille de mon rêve, celle qui appelait sa maman.

Ce qui est curieux, c'est que je me rends compte que j'ai déjà fait ce rêve deux fois en l'espace de trois semaines. Ce doit être ce qu'on appelle un rêve récurrent. C'est comme si la maison et les deux vieilles personnes inconnues étaient bien réelles.

Je ferme les yeux puis je les rouvre très grands. Dehors il fait clair, mais je ne me sens pas prête à me lever. J'ai encore sommeil et pourtant, j'ai peur de me rendormir et de refaire ce rêve déconcertant. Je jette un coup d'œil à mon réveil et là, je bondis hors du lit. Je vais être en retard pour l'école !

Je m'habille en vitesse. Heureusement,

comme tous les soirs, j'ai sorti hier les vêtements que je voulais porter aujourd'hui.

Puis je frappe à la chambre de Diane pour
m'assurer qu'elle est levée.

Elle m'ouvre.

— Viens m'aider à choisir ce que je vais
mettre, me dit-elle en se frottant les yeux.

Aujourd'hui, sa chambre est un vrai capharna-
naüm. Il y a des vêtements partout. Sa coiffeuse
est couverte de bijoux épars et il y a sept souliers dépareillés qui traînent sur le plancher.

— Comment peux-tu t'y retrouver ? lui dis-je.

— Oh! je sais où est chaque chose, répond-
elle. J'ai envie de porter ma jupe en jean, et elle
est accrochée à la porte de la penderie. Avec ça,
je vais mettre mon collier turquoise qui est derrière le gros livre sur ma table de chevet.

Je prends le bouquin et j'aperçois le collier.

— Tu vois ? dit-elle. Je te l'avais bien dit.

Je hausse les épaules.

— Du moment que tu t'y retrouves, dis-je.
(J'ai l'habitude de ne pas me mêler des affaires
des autres.) En tout cas, tu as l'air de savoir
quoi mettre, alors pendant que tu t'habilles je
vais te raconter le rêve que j'ai fait cette nuit.

Diane et moi, nous nous racontons souvent
nos rêves. C'est une des choses qui me font
apprécier d'avoir une demi-sœur.

— Oh ! la la ! fait-elle quand j'ai terminé mon récit. Bizarre. Qu'est-ce que ça signifie, d'après toi ?

Diane aime analyser les rêves et elle y montre un certain talent.

— Je n'en sais rien, dis-je, mais je dois le découvrir. Il me donne froid dans le dos.

Nous discutons du rêve tandis que Diane s'habille et se brosse les cheveux, puis en prenant notre déjeuner. Mais malgré nos efforts, nous ne parvenons pas à lui trouver une signification satisfaisante. J'ai bien peur que ce cauchemar me hante encore quelque temps.

CHAPITRE 2

Hé ! Anne-Marie ! Reviens sur terre !

Christine claque des doigts sous mon nez et je sors de ma rêverie.

— Quoi ? Qu'est-ce qui se passe ? dis-je, complètement perdue dans mes pensées.

— On commence la réunion, c'est tout, dit Christine, et comme tu es membre, on voudrait que tu participes. Si tu crois que tu en es capable, évidemment.

Christine est parfois sarcastique. C'est drôle… elle est ma meilleure amie depuis toujours, et pourtant nous ne nous ressemblons pas du tout. Elle est autoritaire, sûre d'elle-même, et parle plus souvent qu'à son tour. Moi, c'est tout le contraire. Mais, comme on dit, « les contraires s'attirent ».

Depuis le matin, je n'arrête pas de penser à

mon rêve. À l'école et tout l'après-midi, je n'ai eu que ça en tête. Il est maintenant dix-sept heures trente et je n'arrive toujours pas à le chasser de mon esprit.

J'essaie de me concentrer sur notre réunion du CBS (le Club des baby-sitters). En fait, c'est davantage une entreprise qu'un club. C'est encore une des merveilleuses idées de Christine. Elle en a à revendre. Voici comment il fonctionne : nous sommes sept membres et nous nous réunissons chaque semaine, le lundi, le mercredi et le vendredi, de dix-sept heures trente à dix-huit heures. Les parents peuvent nous appeler à ces heures-là s'ils ont besoin d'une gardienne et nous nous partageons les gardes. Nous avons beaucoup de travail, les parents font affaire avec des personnes fiables et les enfants ont des gardiennes qu'ils adorent. Ainsi, tout le monde y trouve son compte.

Le Club a connu le succès dès le début, et sa réputation ne cesse de croître à Nouville.

Christine a eu d'autres bonnes idées pour le Club. Par exemple, elle a inventé le journal de bord, dans lequel nous inscrivons nos commentaires après chaque garde. En lisant les notes des autres, nous pouvons connaître le comportement des enfants que nous aurons nous-mêmes à garder éventuellement.

Il y a aussi les trousses à surprises. Nous avons chacune la nôtre. Ce sont de simples boîtes décorées et remplies de jouets, d'autocollants, de cahiers à colorier et de quelques babioles pour amuser les petits. Tout n'est pas neuf. Dans la mienne, j'ai mis ma première Barbie et des jeux dont je me servais quand j'étais petite. Christine savait bien que même les vieux jouets ont un attrait de nouveauté aux yeux d'un enfant. Ma trousse à surprises m'a sauvé la vie bien des fois. C'est l'idéal pour les jours de pluie.

Comme on peut voir, Christine déborde d'idées ingénieuses et elle sait très bien les mettre en application. Et rien ne semble l'arrêter. C'est peut-être parce qu'elle a l'habitude d'être dans le feu de l'action. Elle a une grosse famille, fort compliquée. Elle vit avec sa mère, son beau-père, Guillaume Marchand, ses deux frères plus âgés, Charles et Sébastien, son petit frère David, sa petite sœur adoptive, Émilie, et sa grand-mère, Nanie. En plus, les enfants de Guillaume, Karen et André, viennent passer chez leur père une fin de semaine sur deux. Ajoutez un chat, un chien, deux poissons rouges et c'est complet.

Fiou ! Heureusement que Guillaume est millionnaire et qu'il a un manoir. La famille ne tiendrait jamais dans une maison ordinaire. Christine semble adorer faire partie d'une si grosse famille et c'est ce qui explique sans doute son esprit d'initiative et son assurance à toute épreuve.

Que dire encore sur Christine ? Eh bien, elle aime les enfants, le sport (elle est un peu garçon manqué) et se fiche éperdument de sa tenue vestimentaire, du maquillage et de ce genre de choses. Elle est heureuse en jean, en chandail et en espadrilles. Elle est plutôt petite pour son âge (comme moi) et elle a les cheveux et les yeux bruns (comme moi). Enfin, étant la fondatrice du CBS, c'est elle qui occupe le poste de présidente. À tout seigneur, tout honneur !

La vice-présidente est Claudia Kishi. Nous nous réunissons toujours dans sa chambre parce qu'elle a sa propre ligne téléphonique. De cette façon, nous n'accaparons pas le téléphone des gens de la maison. Mais, en plus du téléphone et de la chambre, Claudia fournit une autre chose importante : la collation. Claudia raffole des friandises de toutes sortes et elle aime bien les partager avec nous.

À la regarder, on ne devinerait jamais qu'elle s'empiffre autant. Elle a un teint magnifique et une silhouette parfaite. Je suppose qu'elle appartient à cette catégorie de personnes qui sont naturellement belles, peu importe ce qu'elles ingurgitent. D'origine japonaise, Claudia a de merveilleux yeux en amande et de très très longs cheveux noirs. Elle aime les vêtements sophistiqués et elle fabrique elle-même des bijoux extravagants en papier mâché. C'est une artiste-née.

Comparée à la mienne ou à celle de Christine, sa famille est vraiment petite et... hum... normale. Elle vit avec ses parents et sa sœur aînée, Josée, un vrai génie. Claudia est très intelligente, elle aussi, mais les études lui répugnent. Elle se fiche d'avoir de bonnes notes. Sauf en art.

La meilleure amie de Claudia, c'est Sophie Ménard, la trésorière du Club. Sophie recueille les cotisations tous les lundis (moment pénible pour nous toutes !) et elle gère notre petit trésor. L'argent sert à payer une partie des factures de téléphone de Claudia et à dédommager le frère de Christine qui la conduit aux réunions en auto. (Avant qu'elle n'emménage chez son beau-père, et moi chez Diane, nous étions voisines.) Sophie a la bosse des maths, alors sa tâche ne lui demande aucun effort.

Pourtant, à première vue, elle ne correspond pas du tout à l'idée qu'on se fait souvent d'un génie. Elle ne porte pas de lunettes et ne se promène jamais avec une règle à calcul dans sa poche. Elle est blonde et bouclée (ses cheveux sont permanentés) et elle aime les vêtements à la mode, tout comme Claudia. C'est sans doute une des raisons pour lesquelles elles s'entendent si bien.

Je dirais même que Sophie est plus à la page que Claudia. Peut-être parce qu'elle vient de Toronto. Elle n'est arrivée à Nouville qu'en première secondaire. Les dernières années ont été pénibles pour elle. D'abord, elle a découvert qu'elle souffrait de diabète. Son organisme n'assimile pas les sucres de la bonne façon et elle doit surveiller de près son alimentation. En plus, elle doit se donner chaque jour des injections d'insuline (ouille!). Mais elle s'est fait une raison et je suis toujours impressionnée par son courage devant une maladie qui l'accompagnera toute sa vie.

Pour couronner le tout, ses parents ont divorcé récemment. Son père habite Toronto et Sophie va le voir de temps à autre. Elle et sa mère ne doivent donc compter que sur leurs propres moyens.

Malgré ses problèmes, Sophie est une des personnes les plus gaies, les plus enjouées que je connaisse. Elle adore les enfants et c'est une gardienne formidable.

Bon, vous connaissez maintenant la présidente, la vice-présidente et la trésorière du Club et vous vous demandez qui est la secrétaire. Surprise ! c'est moi ! Étant donné que j'aime l'ordre et l'organisation, ce travail me va comme un gant. Je dois tenir l'agenda à jour et y inscrire tous les renseignements nécessaires sur nos clients : leurs noms et adresses, les noms de leurs enfants, les goûts de chacun, leurs allergies s'il y a lieu, etc. Il me faut aussi surveiller l'horaire personnel des membres et ce n'est pas aussi simple qu'on pourrait le croire. Je dois tenir compte, par exemple, des parties de balle molle de Christine (elle entraîne une équipe appelée les Cogneurs), des cours d'art de Claudia, des voyages de Sophie à Toronto. En plus, je dois m'assurer de la disponibilité de nos membres associés, Louis Brunet et Chantale Chrétien. Ces derniers n'assistent pas aux réunions, mais nous avons recours à leurs services quand nous sommes débordées.

Lorsque l'une de nous ne peut être présente à une réunion, c'est Diane qui assume la tâche. À titre de membre suppléante, elle est en mesure de remplacer n'importe laquelle d'entre nous au pied levé. Je pense qu'il lui importe peu de ne pas avoir de poste important. Elle adore le Club, mais elle ne court pas après le pouvoir ou les responsabilités.

Diane, Sophie, Claudia, Christine et moi avons toutes treize ans et nous sommes en deuxième secondaire. Mais deux des membres du Club ont onze ans et sont en sixième année : Marjorie Picard et Jessie Raymond, nos membres juniors. Elle ne peuvent garder que l'après-midi après l'école et la fin de semaine — jamais le soir, sauf dans leurs propres familles.

Jessie et Marjorie sont de très bonnes amies et, comme Christine et moi, elles sont très différentes l'une de l'autre. Marjorie est l'aînée d'une famille qui est presque une tribu (huit enfants !). Elle a les cheveux roux et bouclés et porte des lunettes et un appareil orthodontique. Elle aime la lecture, le dessin et l'écriture. Son rêve est de devenir auteure et illustratrice de livres pour enfants. Jessie a une famille beaucoup moins considérable (trois enfants en tout). Elle a les cheveux noirs, les yeux bruns, une belle peau chocolat, et elle adore la danse. Elle suit des cours pour devenir ballerine.

Elles ont tout de même des choses en commun. Toutes deux souhaitent que leurs parents cessent de les traiter en bébés (Marjorie voudrait des verres de contact, Jessie voudrait pouvoir porter des mini-jupes). Elles aiment la lecture (surtout les histoires de chevaux) et sont toutes deux d'excellentes gardiennes d'enfants.

Justement, Marjorie est en train de nous raconter ce qu'elle a fait hier avec ses frères et sœurs qu'elle gardait. Son visage s'illumine.

— Nicolas et Vanessa travaillent à un projet pour la Journée des Souvenirs. Tout le monde à l'école doit faire une petite recherche sur l'histoire de sa famille ou de Nouville. À la fin, il y aura une grande exposition où chacun pourra présenter ce qu'il a découvert.

Le projet semble intéressant. Je quitte la réunion avec quelque chose de nouveau, susceptible d'occuper mes pensées. Mais je n'arrive toujours pas à oublier mon rêve...

CHAPITRE 3

Regarde ça, Anne-Marie! s'exclame Charlotte en brandissant une photo jaunie sur laquelle pose une jeune fille à l'air sérieux.

— Oh! dis-je, as-tu vu toutes ces nattes empilées sur sa tête? Tu imagines un peu comme ses cheveux devaient être longs quand ils n'étaient pas tressés!

C'est vendredi après-midi. La réunion du CBS est terminée et, en ce moment, je garde Charlotte Jasmin, une de nos préférées. Elle est amusante, brillante, et presque toujours sage. Aujourd'hui, elle prépare son projet pour la Journée des Souvenirs. Charlotte est une très bonne élève; elle a même sauté une année et bien qu'elle vienne tout juste d'avoir huit ans, elle est en troisième.

Charlotte m'a expliqué que tous ses camarades de classe dessinent leur arbre généalogique. Chaque élève doit faire une recherche sur sa famille et découvrir comment celle-ci s'est retrouvée à Nouville. Pour certains enfants, la tâche est facile. S'ils ont emménagé ici récemment, la recherche n'est pas bien longue à faire. Mais plusieurs familles, dont celle de Charlotte, sont installées ici depuis des générations.

— J'ai demandé à papa s'il savait pourquoi ses grands-parents sont venus demeurer à Nouville, me dit Charlotte. Mais il n'en sait rien. J'ai bien hâte de le découvrir!

Charlotte adore les mystères et c'est d'ailleurs une bonne détective. Elle a hâte de commencer. C'est merveilleux de voir un enfant aussi passionné pour un projet scolaire.

Je jette un coup d'œil à la photo qu'elle me tend.

— C'est ton arrière-grand-mère?

— Oui. Tu vois, son nom est écrit au dos: Marie Hjieholt Jasmin. Je crois que Hjieholt est le nom qu'elle portait avant de se marier.

— C'est drôle de penser que cette toute jeune fille est ton arrière-grand-mère.

— Et quand on pense que ces gens-là ont vécu il y a très très longtemps, ça fait bizarre aussi. La photo a été prise à la fin de ses études, au Danemark.

Je regarde à nouveau la photo. L'arrière-grand-mère de Charlotte était très belle. Elle avait de grands yeux sombres et expressifs. Malgré son air sérieux, il y a dans son regard une lueur d'espièglerie. Je tiens la photo contre le visage de Charlotte pour voir s'il y a une ressemblance entre les deux. Non. La femme de la photo a les cheveux blonds tandis que ceux de Charlotte sont bruns. Elles ont toutes deux les yeux noirs, mais ils sont différents. C'est alors que j'aperçois… la fossette.

— Charlotte! Tu as une fossette exactement au même endroit que ton arrière-grand-mère!

Charlotte s'empare de la photo.

— Fais voir! Hé! tu as raison. On ne la voit pas beaucoup parce qu'elle ne rit pas, mais on la devine. Super!

Soudain, un lien semble s'être tissé entre Charlotte et la femme de la photo. Je suis bien contente pour elle, mais je ne peux m'empêcher de ressentir un petit pincement de jalousie. Charlotte a une boîte pleine de photos, de cahiers, de lettres et d'autres souvenirs de sa famille. Je ne pense pas que mon père ait ce genre de choses. En tout cas, je ne les ai jamais vues. Je suppose qu'il s'en est défait à la mort de ma mère, parce que les regarder lui causait trop de chagrin. (Heureusement qu'il a gardé ses photos de classe, sinon je n'aurais probablement pas de demi-sœur aujourd'hui!).

Juste comme je commence à m'apitoyer sur mon sort, Carotte, le chien de Charlotte, entre en courant dans la pièce.

— Carotte, non ! fait Charlotte quand il s'approche pour renifler la boîte qu'elle tient sur ses genoux. Va coucher !

Carotte se sauve en trottinant, et Charlotte et moi, nous nous remettons à fouiller dans sa boîte. Elle en sort un cahier plein de vieilles coupures de journaux que nous feuilletons rapidement.

— Ça serait fantastique pour les élèves de cinquième année, dit-elle. Ils doivent monter une sorte de journal avec des nouvelles d'il y a cent ans. Ils vont même l'imprimer !

Charlotte referme le cahier et s'empare d'un paquet de lettres.

— Il faut que j'en lise quelques-unes, dit-elle. Elles sont de mon arrière-grand-mère à sa mère qui vivait toujours au Danemark. Regarde ! L'adresse de retour est ici. Elle vivait donc déjà à Nouville quand elle les a écrites.

Je prends la boîte et en sors un album de photos.

— Qui est-ce ? dis-je en pointant sur la première page une photo de groupe. Au centre, on aperçoit des mariés. Les hommes portent un œillet à la boutonnière et les femmes d'élégants chapeaux. Personne ne sourit vraiment (je suppose qu'on ne disait pas «souriez» à l'époque), mais ils ont l'air heureux.

— Montre, dit Charlotte en soulevant la photo et en jetant un coup d'œil au dos. Oh! ce sont des cousins de mon arrière-grand-mère. Les Ottes. Des Allemands.

Charlotte semble en connaître déjà beaucoup sur sa famille. Elle n'a pas vraiment besoin de moi pour son projet, mais ça m'amuse de l'aider. Nous fouillons dans la boîte pour dénicher du matériel qui pourrait lui être utile pour son arbre généalogique.

— C'est le projet le plus intéressant que j'aie jamais eu à faire, dit Charlotte. J'aime bien mieux essayer de retracer ma propre famille que de travailler sur l'histoire de Nouville.

Je l'approuve.

— Hé! regarde! dis-je en sortant un petit livre à reliure de cuir. On dirait un journal intime.

— Vraiment? fait Charlotte, tout excitée. Voyons voir.

Elle ouvre délicatement le petit livre et jette un œil sur la première page.

— C'est fantastique! C'est le journal de mon arrière-grand-mère. Elle raconte son voyage en Amérique!

Elle lit encore quelques pages.

— Super ! murmure-t-elle. Il y a un passage ici où elle parle de la Statue de la Liberté comme d'une apparition quand on entre dans le port de New York !

Quelle trouvaille ! Charlotte va sûrement avoir un des meilleurs travaux de sa classe. Tandis qu'elle feuillette le journal, je continue mon examen de la boîte. Elle est presque vide, à présent, mais dans l'un des coins je découvre un joli médaillon avec les initiales M. H. gravées au dos et des parcelles de diamant disposées en cercle. Il est surmonté d'un anneau pouvant recevoir une chaînette. Je montre ma découverte à Charlotte.

— Oh ! qu'il est beau ! dit-elle. Tu crois qu'il y a un portrait à l'intérieur ?

Elle tourne et retourne le médaillon pour essayer de l'ouvrir.

— Je ne vois rien. Tu veux essayer ?

Je finis par trouver une petite fente dans laquelle je glisse un ongle et je l'ouvre avec précaution. Tout de suite, je reconnais la jeune fille du portrait.

— C'est encore ton arrière-grand-mère, dis-je à Charlotte. Mais elle est plus jeune.

En fait, ce n'est qu'une petite fille. Elle porte une robe blanche à col montant, de hautes bottines garnies d'une multitude de boutons et dans ses cheveux, de longs rubans blancs. Elle ressemble beaucoup à Charlotte.

Je donne le médaillon à Charlotte qui le regarde attentivement.

— On dirait ma jumelle ! s'esclaffe-t-elle. Sauf qu'on n'a pas les cheveux de la même couleur. Et elle vivait il y a cent ans. Incroyable, non ?

Un frisson me parcourt le dos. Comme si l'« Histoire » revivait.

— Je vais demander à maman si on peut trouver une chaîne pour y suspendre le médaillon, dit Charlotte, les yeux brillants. Je pourrais le porter pour les occasions spéciales. Pour le pique-nique, tiens !

— Quel pique-nique ?

— L'école organise un pique-nique à l'ancienne pour les élèves et leurs parents, la veille de la Journée des Souvenirs. Il va y avoir des jeux d'autrefois et un repas comme dans l'ancien temps. Si on veut, on peut s'habiller comme il y a cent ans ! Mon père ne pourra pas venir, mais maman a promis de m'accompagner.

— Super ! dis-je en essayant de prendre un ton enthousiaste.

À nouveau, je sens cette petite pointe de jalousie me tourmenter. Moi, je ne suis jamais allée en pique-nique avec ma mère. Je n'ai jamais rien fait avec elle. Je n'ai jamais eu la chance de lui poser des questions sur ses parents et ses ancêtres. Je n'ai aucune idée de l'époque où sa famille est venue s'installer à Nouville, et je ne le saurai sans doute jamais puisque mon père ne tient pas à m'en parler.

Charlotte continue à m'expliquer le pique-nique et la Journée des Souvenirs. Mais je ne l'écoute pas vraiment. Je pense à l'histoire de ma famille à moi dont j'ignore à peu près tout. Je viens de comprendre que je ne sais même pas qui je suis.

CHAPITRE 4

À bientôt! dis-je à Charlotte en la quittant ce soir-là.

Avant le retour de ses parents, je lui ai fait son souper et je l'ai mise en pyjama. Nous avons surtout travaillé à son projet et les noms des membres de sa famille tourbillonnent dans ma tête. Son arbre généalogique est presque complété. Il ne lui reste plus qu'à découvrir quand et comment exactement sa grand-mère s'est retrouvée à Nouville.

— Au revoir, Anne-Marie, répond Charlotte. Merci de ton aide.

Sur le chemin du retour, je repense aux lettres et aux photos que nous avons regardées. Charlotte a pratiquement l'histoire de sa famille à portée de la main. Moi, tout ce que j'ai, c'est ma propre petite histoire: une breloque porte-bonheur qui vient de Louis, un coquillage

ramassé sur une plage, des souvenirs de Disney-
land et quelques photos de vacances avec les
filles du CBS. J'aime tellement les souvenirs
qu'il m'en faudrait davantage.

Je devrais peut-être poser quelques questions
à mon père ? Je sais qu'il pourrait répondre à
certaines d'entre elles. Mais je l'ai vu à table, ce
matin, riant et bavardant avec Suzanne. Il est tellement heureux depuis qu'il l'a épousée et qu'il
a laissé son passé derrière lui. Est-ce que j'ai le
droit de troubler son bonheur ?

En rentrant à la maison, je suis déprimée. Je
claque la porte et je vais à la cuisine. J'ouvre
toutes les armoires, comme si je cherchais quelque chose à manger. Mais ma vue se brouille. Je
n'ai même pas vraiment faim. Il y a deux mots
sur la table, un de Suzanne et papa, me disant
qu'ils soupent à l'extérieur et l'autre de Diane,
m'informant qu'elle est au cinéma. Tant mieux.
J'ai justement envie d'être seule.

Je prends des craquelins et je me verse un
verre de cola, puis je m'installe sur le canapé du
salon. Je jette un coup d'œil au livre que lit Diane
ces temps-ci. Des histoires de fantômes. Diane
adore tout ce qui parle de fantômes. Je referme le
livre et j'allume la télé. Mais rien ne m'intéresse.
Je l'éteins et regarde l'image disparaître.

Tigrou est monté près de moi et renifle mes

biscuits. Il s'en désintéresse rapidement. Ça ne me surprend pas. Moi non plus, je ne les aime pas beaucoup. C'est Suzanne qui les a achetés, alors ils sont sans sel, sans sucre, sans farine blanche... sans goût.

— Oh! Tigrou, dis-je en fourrant mon nez dans son pelage, comment faire pour en savoir plus sur moi?

Pour toute réponse, Tigrou enfonce ses griffes dans mon épaule en ronronnant. J'ai besoin de parler à quelqu'un. Je téléphone à Christine.

— Allô? fait-elle dès la deuxième sonnerie.

J'entends des cris derrière elle et les aboiements d'un chien.

— Allô, c'est moi, dis-je. Qu'est-ce qui se passe chez toi?

— Je garde David et Émilie et ils viennent de découvrir comment faire aboyer Zoé. David lui souffle dans l'oreille et ça marche à tout coup.

Zoé est un chiot. Un gros chiot qui va devenir un très très gros chien.

— Comment vas-tu? me demande Christine. Tu es déjà de retour?

— Ça fait un bout de temps. Tout va bien. Sauf que... Christine, est-ce que tu as de vieilles photos ou des lettres qui te viennent de ta famille?

— Bien sûr! Pourquoi?

— Oh! c'est juste que…

Un aboiement tonitruant retentit soudain.

— Zoé! Chut! dit Christine, je suis au téléphone. David, ne lui souffle plus dans l'oreille, d'accord?

Les aboiements cessent.

— Qu'est-ce que tu disais? poursuit Christine.

— Oh! rien, rien. Je me demandais seulement… où tes parents gardent-ils tous leurs souvenirs? Peux-tu les retrouver facilement?

— Dans le grenier, je crois. Ou non, peut-être… (Les aboiements reprennent.) David Thomas! s'exclame Christine. Je t'ai dit d'arrêter!

— Désolé, répond la petite voix de David.

— Va donc avec Émilie colorier dans la salle de jeux. Excuse-moi, Anne-Marie. La soirée est pénible. Bon, de quoi parlait-on?

— Ça n'a pas d'importance, dis-je en constatant que Christine est trop occupée. Je te rappelle demain, d'accord?

— Parfait, répond-elle, trop distraite pour remarquer mon trouble. N'oublie pas qu'on est censées aller au centre commercial, demain après-midi. Je te téléphonerai dans la matinée.

— Entendu. À demain.

Je raccroche. Que faire, à présent? Je devrais

commencer mes devoirs pour la semaine prochaine, mais je n'ai pas la tête à ça. Je ne pense qu'aux photos de famille. Est-ce que nous n'en avons vraiment aucune? Je me rappelle vaguement en avoir regardé quelques-unes quand j'étais petite, mais ça fait si longtemps. J'ai du mal à croire que papa les aurait toutes détruites.

Je repense à ma conversation avec Christine. «Au grenier», a-t-elle dit. Peut-être que je trouverais quelque chose dans notre grenier! Le jour où nous avons emménagé chez Suzanne et Diane, j'ai trimballé des boîtes de la cuisine et de ma chambre, et papa s'est chargé du reste.

Hé! Je me souviens avoir vu Suzanne regarder une pile de boîtes dans le salon et dire: «Où va tout ça, Richard?»

— Je vais m'en occuper, a-t-il répondu.

Il n'a même pas ouvert les boîtes pour voir ce qu'elles contenaient avant de les monter au grenier.

Sur le coup, je ne me suis pas posé de questions, mais à présent, je meurs d'envie de savoir. C'est peut-être là que sont les photos de famille! Si je les trouve, je pourrai en apprendre davantage sur moi.

Je prends une lampe de poche et je monte à l'étage. Mais une fois devant la porte de l'escalier qui mène au grenier, je m'arrête net. Je n'ai jamais mis les pieds là-haut. Et il faut bien admettre que la maison a un petit côté lugubre. Les corridors sont étroits, les plafonds très bas (elle a deux cents ans et les gens de l'époque étaient plus petits), et les planchers craquent. Sans parler du passage secret. Les premiers temps, le moindre craquement m'effrayait. Papa m'a expliqué que les maisons de cet âge faisaient toujours ce genre de bruit et j'ai fini par m'y habituer. Mais explorer le grenier, c'est autre chose. Surtout toute seule.

Pourtant, poussée par la curiosité, je n'hésite qu'une seconde. J'ouvre la porte et une odeur de moisi et de renfermé m'accueille. Il fait sombre, mais je distingue l'étroit et raide escalier. Je balaie les murs avec ma lampe pour trouver un interrupteur. Zut! il est tout en haut de l'escalier! Je commence à monter, éclairant chaque marche avant d'y poser le pied. La lumière de ma lampe est faible, mais je suis bien contente de l'avoir. Enfin, j'arrive en haut et j'allume la lumière.

Oh! non! c'est plein de boîtes! Des grosses, des petites, des défoncées. Comment trouver ce que je cherche dans un fouillis pareil? J'en tire une. Sur le dessus, c'est écrit «draps». C'est l'écriture de Suzanne. Impossible! Suzanne est trop désordonnée! Je jette un œil à l'intérieur.

Évidemment, ce ne sont pas des draps, mais de vieux animaux en peluche de Diane.

Les cinq boîtes suivantes sont aussi à Suzanne. Enfin, derrière une vieille table cassée, je trouve une boîte sur laquelle mon père a écrit «divers». Je l'ouvre. Sur le dessus, il y a un vieil album de photos.

«Ah! ah!»

Je m'assois et me mets à le feuilleter. Les premières photos sont celles du mariage de mes parents. Celle que je préfère, c'est celle où on les voit s'approcher de l'appareil photo. Maman est radieuse et papa, avec son petit sourire, a l'air d'un homme qui détient un merveilleux secret.

Ces photos me semblent familières. Je les ai déjà vues. Je continue à feuilleter l'album, puis j'en sors un autre. Des photos de bébé! C'est moi, sur les genoux de papa, avec un petit bonnet sur la tête. J'ai déjà vu des photos de moi, mais celles-ci, jamais. J'étais plutôt mignonne, mais au bout de trois ou quatre, je me lasse de les regarder.

À la page suivante, je tombe sur des photos qui me laissent confuse. Je suis encore très très jeune. Je suis assise sur un perron avec un couple âgé qui ne me rappelle absolument rien. Je suis sûre que c'est moi, car je reconnais le petit collier autour de mon cou. Mais qui sont ces gens ? Et où sommes-nous ? Je trouve d'autres photos de moi, encore avec les deux mêmes personnes inconnues à table, et aussi sous un arbre. Sur certaines photos, mes cheveux sont plus longs et je porte des vêtements tantôt d'hiver, tantôt d'été. Quelles que soient ces personnes, j'ai dû passer beaucoup de temps avec elles. Je les regarde plus attentivement, mais je n'arrive pas à les identifier.

— Anne-Marie !

Oh ! la la ! c'est papa. Ils sont déjà rentrés ! Le cœur battant, je replace les albums dans la boîte, je descends sans bruit l'escalier et je me glisse dans ma chambre en lançant :

— Je suis dans mon lit ! Je me suis couchée tôt. À demain matin !

Je reste éveillée un très long moment, songeant aux photos. Je voulais en apprendre davantage sur moi-même et voilà que je découvre un autre mystère. Mes idées sont encore plus embrouillées qu'avant.

CHAPITRE 5

Samedi

Marjorie, quand ta famille décide de
s'embarquer dans un projet, on peut dire
qu'elle ne fait pas les choses à moitié !
La maison Picard au grand complet est
obsédée par la Journée des Souvenirs.

Ne m'en parle pas ! Toi au moins, tu n'es pas
obligée de vivre avec eux ! Si j'entends une fois
de plus Vanessa réciter son péème ou Claire
chanter sa chanson, je hurle.

Voyons, ce n'est pas si épouvantable que
ça. Moi, je me suis bien amusée avec les
triplets, même si la journée s'est terminée de façon un peu lugubre.

Tu dois avoir raison. Ce n'est pas si terrible que ça. Au moins, ils apprennent quelque chose et je suis contente de les voir aussi emballés. Mais est-ce que Margot ne pourrait pas répéter son sketch ailleurs pour une fois ? J'ai entendu son texte tellement souvent que je commence à le savoir par cœur.

C'est samedi, et Sophie et Marjorie gardent les sept petits Picard. À cause de la Journée des Souvenirs, la maison a encore plus l'air d'un zoo que d'habitude. Tous les enfants ont quelque chose à faire et chacun d'eux veut que son projet soit le meilleur. Et ils ont tous besoin d'aide.

— Quand c'est comme ça, confie Marjorie à Sophie, je suis vraiment contente que mes parents insistent pour faire garder les enfants par deux gardiennes. Toute seule, je n'y arriverais pas.

— En effet, dit Sophie.

Margot est juchée sur un banc et répète son rôle pour le sketch que prépare sa classe. Elle n'a que sept ans et elle a du mal à mémoriser certains mots.

— Je m'appelle Félicité Gladu, déclame-t-elle. Mon père est venu ici pour échapper à la pré... à la rép... à la pers...

42

— Persécution, dit Marjorie.

— Merci, répond Margot. Persécution.

— Je ne comprends pas pourquoi on leur demande de retenir des mots aussi compliqués, chuchote Marjorie à Sophie.

— Je trouve ça idiot, moi aussi. Mais Margot a l'air de s'amuser, alors ne t'en fais pas trop.

— En parlant de s'amuser, as-tu entendu la chanson de Claire ? dit Marjorie. Elle doit être dans la salle de jeux avec Nicolas. Viens voir.

Claire est bien dans la salle de jeux, et toute là ! Elle porte des souliers à talons hauts, un boa de plumes autour du cou et son maillot de bain préféré.

— Allô, Sophie !

— Oh ! que tu es jolie ! fait Sophie. Chante-moi ta chanson.

Claire est à la maternelle et elle adore l'école. Elle ne se fait pas prier pour entonner sa chanson.

À la fin, Sophie applaudit.

— Super ! Qu'est-ce que tu chantes d'autre ?

— J'en sais beaucoup, répond Claire. Mais je ne me souviens pas des mots, alors je chante juste celle-là pour l'instant.

— Et qu'est-ce que tu dirais d'aller chanter ailleurs ? lance une voix d'un coin de la pièce. J'essaie de travailler, moi.

C'est Nicolas. Il a huit ans et il aime bien donner des ordres à ses petites sœurs.

— À quoi travailles-tu, Nicolas ? demande Sophie.

Pour toute réponse, le garçon émet un vague marmonnement.

— Il fait un arbre généalogique, explique Marjorie. Papa lui a donné tous les vieux papiers de la famille et il essaie de les mettre en ordre. Ce n'est pas facile parce que les Picard ont toujours eu de grosses familles. Notre arrière-grand-père avait dix frères et sœurs !

— Oui, dit Nicolas. Et leurs noms commençaient tous par P. Pierre, Pacifique, Pauline, Prudence. Je ne sais pas comment ils ont fait pour en trouver autant.

— Il y a aussi Patrice, Pénélope, Paulette, dit Vanessa qui a suivi Marjorie et Sophie dans la salle de jeux. Il y a plein de noms qui commencent par P.

— Quel est ton projet, à toi ? demande Sophie à Vanessa.

Vanessa se redresse et la regarde fièrement.

— Les élèves de ma classe doivent réciter un poème sur l'histoire de Nouville. Et c'est moi qui le compose !

— Fantastique ! s'exclame Sophie.

Vanessa n'a que neuf ans, et pourtant elle

veut devenir poète depuis déjà plusieurs années. Parfois, elle passe des jours entiers à ne parler qu'en rimes. D'après Sophie, c'est certainement la personne toute désignée pour écrire un poème sur la ville.

— Tu veux entendre le début ? lui demande Vanessa. Et sans attendre la réponse, elle commence : En l'an mil sept cent quatre-vingt-sept, est née une petite ville coquette. Ses habitants n'étaient pas nombreux, mais ils étaient tous très courageux !

— Très joli, fait aussitôt Marjorie, avant qu'elle ne récite le poème en entier. J'ai hâte d'entendre ta classe le dire.

— Tu es bien la seule ! lance Bernard en entrant dans la salle avec Antoine et Joël. Le poème peut durer six semaines !

Bernard, Antoine et Joël, les triplets, ont dix ans. Ils sont futés et ils ont toujours une petite malice en réserve. Aujourd'hui, chacun d'eux porte un chapeau orné d'un petit carton où est inscrit le mot «PRESSE».

— On est des as reporters pour le journal historique de Nouville, explique Bernard. On cherche des nouvelles croustillantes.

— Ouais, fait Joël. On écrit sur tous les événements du passé de Nouville.

— Mais on est en panne, dit Antoine. On a

fait des recherches à la bibliothèque de l'école, mais il nous manque des histoires. Vous pouvez peut-être nous aider?

— Vous trouveriez sûrement quelque chose à la bibliothèque municipale, suggère Sophie. La mère de Claudia pourrait vous aider puisqu'elle travaille là.

— Super! fait Antoine. On peut y aller aujourd'hui?

Sophie et Marjorie se regardent.

— Je peux aller avec eux, si tu gardes les autres, dit Sophie à son amie.

— Parfait, répond Marjorie.

En sortant, Sophie et les triplets entendent Claire hurler une autre chanson. Vanessa fait quelques pas avec eux en récitant des vers, jusqu'à ce que Joël lui conseille de se la fermer.

Comme Sophie est venue chez les Picard en vélo, les triplets sortent les leurs et, tous les quatre, ils se dirigent vers la bibliothèque. Heureusement, il n'y a pas grand monde ce jour-là et madame Kishi a le temps d'aider les enfants à trouver ce qu'ils cherchent.

— Voici les microfilms, leur dit-elle. Vous pouvez jeter un coup d'œil sur les vieux journaux. Là, il y a les registres de la ville, où sont notés les naissances et les décès. (Joël commence à fouiller dans un des gros volumes.) Et par ici, poursuit madame Kishi, il y a des livres sur l'histoire de Nouville.

Elle en sort un.

— Celui-ci pourrait vous intéresser, dit-elle à Bernard. On y trouve toutes les légendes se rapportant à Nouville. Et puis…

Madame Kishi n'a pas terminé sa phrase que Bernard est déjà plongé dans sa lecture.

— Merci, dit Sophie. Vous nous aidez beaucoup.

Sophie prend un des livres sur l'histoire de Nouville et se met à le feuilleter. Soudain, Bernard pousse un cri.

— Oh ! fait-il. On parle ici d'un certain Joseph Marcoux. C'était l'homme le plus riche de la ville. Il avait un manoir et tout et tout. Il paraît qu'il était très méchant aussi, et avare. Il vivait tout seul dans sa grande maison.

— Comment as-tu dit qu'il s'appelait ? demande Sophie. Ça me rappelle quelque chose.

— Marcoux. Tout le monde le surnommait le vieux Marcoux.

Le vieux Marcoux ! Sophie sent un frisson lui parcourir l'échine. Elle se souvient d'une certaine nuit passée au cimetière, près de la tombe de cet hurluberlu.

— Il paraît que sa tombe est hantée ! s'exclame Bernard.

Antoine et Joël, qui se sont approchés, sont penchés sur son épaule.

— Il est mort dans sa maison, poursuit Bernard. Certains prétendent qu'il est mort de méchanceté. Il était tellement avare qu'il ne voulait pas dépenser un sou, même après sa mort. Il ne voulait ni funérailles ni pierre tombale. Rien. Il voulait juste être enterré.

— Ensuite ? demande Joël.

— Son neveu a hérité et il se sentait coupable de voir la sépulture de son oncle sans aucune pierre funéraire. Alors, il y a fait placer une gigantesque stèle. Et on dit que, depuis ce temps, le fantôme du vieux Marcoux est devenu furieux et hante sa tombe !

— Oh ! font Antoine et Joël en chœur.

— Le cimetière est tout près, dit Bernard. Si on allait y jeter un coup d'œil ?

— Bien sûr, dit Sophie.

Ils enfourchent leurs vélos et se rendent au cimetière.

— Super ! fait Antoine en arrivant devant l'entrée.

— Macabre, plutôt, murmure Sophie.

Les triplets examinent les épitaphes.

— Les gens mouraient plus jeunes à l'époque, dit Antoine. Regardez. Celui-là n'avait que dix-neuf ans et sa femme dix-sept.

— Écoutez ça ! dit Bernard en lisant une inscription. « Ici gisent promesses et espoirs. » C'est pour une petite fille morte à trois ans. On y a gravé l'image d'un agneau.

— Les inscriptions sont souvent poétiques, fait remarquer Joël. Vanessa aimerait ça.

Sophie commence à se sentir nerveuse. Le cimetière est beau et paisible, mais marcher parmi les tombes a quelque chose de déroutant. Elle se hâte de conduire les triplets à la sépulture du vieux Marcoux qu'ils trouvent réellement impressionnante, puis elle les ramène à la maison.

En lisant le rapport de Sophie dans le journal de bord, j'ai une idée. Je pourrais aller au cimetière trouver la tombe de ma mère (où ne m'a jamais emmenée mon père) ou celle de quelque ancêtre. Moi qui n'ai jamais été très intéressée par mes origines, je suis devenue soudain terriblement curieuse.

CHAPITRE 6

Il m'a fallu une semaine entière pour trouver le courage d'aller au cimetière. Je n'avais pas vraiment peur. En tout cas, si j'avais peur, je ne saurais pas dire de quoi. C'était peut-être seulement l'idée de découvrir mon passé qui m'effrayait. Je me suis même demandé s'il ne valait pas mieux en rester là, mais la curiosité a finalement eu le dessus.

Mardi après-midi, je me rends au cimetière. Je n'en ai parlé à personne, pas même à Diane ou à Christine. C'est une chose que je dois faire seule. Le soleil brille et je me sens optimiste et courageuse. Après tout, me dis-je, ce n'est qu'un cimetière !

Mais en posant mon vélo contre la haute grille de l'entrée, je sens mes mains devenir moites. Mon cœur bat plus vite et ma respiration est saccadée. Je décide de faire quelques pas pour me calmer un peu avant d'entrer. Tout en marchant, je regarde de l'autre côté de la clôture. Le jour, le cimetière n'est pas si terrible.

Je repense à l'aventure que le CBS a vécue ici, en pleine nuit de l'Halloween. Brrr! Des filles de l'école avaient essayé de m'effrayer en me faisant croire que le collier que je portais au cou était un porte-malheur. Elles voulaient nous faire passer une nuit d'angoisse sur la tombe du vieux Marcoux, mais c'est nous qui les avions terrifiées! Je ne suis pas retournée au cimetière depuis cette fois-là.

Quand je me sens prête à entrer, je m'engage dans l'allée principale. C'est assez joli comme endroit, si on oublie les morts qui y sont enterrés. De grands arbres majestueux projettent leur ombre sur l'allée, plusieurs tombes sont ornées de fleurs. Je croyais que tout serait silencieux, mais des oiseaux chantent gaiement. J'entends aussi le ronronnement d'une tondeuse à gazon et de la musique qui vient d'une maison avoisinante.

Certaines pierres tombales sont impressionnantes, comme celle du vieux Marcoux. D'autres, toutes rongées, doivent avoir plus de cent ans. Les inscriptions sont à moitié effacées. «Le souvenir de nos morts est doux à nos cœurs», dit l'une d'elles.

Ça me rappelle la raison de ma présence ici. Parce que je n'ai aucun souvenir. Je veux trouver la tombe de ma mère, mais par où commencer? Il y a des petits sentiers partout. Un vrai labyrinthe. Il me faudrait une carte.

Je marche, lisant les noms sur les monuments. Au début, je cherche Lapierre, mais ensuite, je me dis qu'il faudrait aussi chercher son nom de jeune fille. Je sais qu'elle a été enterrée près de certains de ses parents et leur nom n'était certainement pas Lapierre. Avant de se marier, elle s'appelait Bélanger. Alma Bélanger.

Alma. Avec un nom pareil, elle devait être douce, gentille, patiente. Je continue à lire les inscriptions. Il y a des noms ordinaires, comme Tremblay, Lévesque, d'autres imprononçables, comme Andrzejewski.

Mais aucun Bélanger. Le sentier s'étire devant moi, menant apparemment à une rangée de sépultures sans fin.

— Je devrais pourtant savoir où est enterrée ma mère, dis-je à haute voix, soudain furieuse que mon père ne m'ait jamais amenée ici.

C'est alors que j'aperçois quelque chose qui d'un coup dissipe ma colère.

C'est une simple pierre sur laquelle est gravé un héron. Un petit bouquet de fleurs sauvages aux pétales jaunes et blancs la cachent en partie. Je les repousse. Oui, j'ai bien lu le nom. Yamamoto. Et dessous, un surnom : Mimi. Mimi ! Je sens une vague de tristesse m'envahir.

Mimi était la grand-mère de Claudia. Elle a vécu avec la famille Kishi pendant des années et je l'ai connue quand j'étais toute petite. Elle est morte il n'y a pas très longtemps et elle me manque beaucoup. Pour moi, elle était comme une grand-mère. Plus qu'une grand-mère, en fait. C'était une amie spéciale. Réconfortante, aimante, on pouvait se fier à elle. Si on se sentait déprimé, on pouvait être sûr qu'elle allait nous remonter le moral. Quand on était heureux, elle partageait notre bonheur.

Je regarde sa tombe un instant, puis je fonds en larmes. Bon, c'est vrai, mes amis disent que je suis sentimentale et hypersensible parce que je pleure facilement. Je pleure en regardant un film, même s'il n'est pas triste ; je pleure en lisant certains livres, même si je les ai lus cent fois. Oui, je dois admettre que je pleure souvent. Mais cette fois, mes larmes viennent du plus profond de moi-même et ça ne m'apporte aucun réconfort. Cette fois, j'ai vraiment de la peine.

Ce n'est pas seulement à cause de Mimi, mais à cause de ma mère aussi. Comment vous expliquer ? Voyez-vous, Mimi m'a connue toute petite. Ça veut dire qu'elle connaissait également ma mère. D'autres personnes l'ont connue, évidemment, mais avec Mimi, j'aurais pu me confier et la questionner sur ma mère, et elle m'aurait raconté tout ce qu'elle savait de mes origines. Mais Mimi n'est plus là maintenant.

Je reste là un long moment, à pleurer. Plus ça va, plus je me dis qu'il faut absolument résoudre le mystère de mon enfance qui est en train de me rendre folle.

— Au revoir, Mimi, dis-je. Si tu savais comme tu me manques !

J'essuie mes larmes, je jette un dernier regard à sa tombe et je sors du cimetière. C'est assez pour aujourd'hui.

Sur le chemin du retour, je prends une décision : je vais retourner au grenier et fouiller dans les boîtes jusqu'à ce que je découvre qui je suis vraiment.

Rendue à la maison, je monte aussitôt au grenier. Je dois faire vite, dans une heure les autres vont rentrer. Cette fois, pas besoin de lampe de poche. Une faible lueur filtre par la fenêtre poussiéreuse au fond du grenier. Je tire les boîtes près d'une vieille chaise berceuse qu'éclaire une lucarne.

Je fouille rapidement dans la première boîte,

regardant de nouveau les photos que j'ai vues la dernière fois. Mes parents encore, le jour de leur mariage. Moi bébé, avec les deux inconnus. Je ne les reconnais toujours pas. Je continue à examiner le contenu de la boîte. C'est plutôt décevant : ce ne sont que de vieux travaux scolaires que j'ai ramenés à la maison pour les montrer à papa.

J'ouvre une autre boîte, marquée «correspondance» et j'en tire un paquet de lettres. Elles sont adressées à mon père. Je cherche une adresse de retour et mon cœur ne fait qu'un bond quand je la trouve. «Bélanger. R.R. 8 Saint-Rémi, Province de Québec». Des lettres de ma mère à mon père ? Je dépose le paquet un instant. Je ne devrais peut-être pas les lire. C'est peut-être trop personnel. Mais je ne peux pas les ignorer. Je reprends le paquet, tire une enveloppe, en sors la lettre et me mets à lire.

«Cher Richard,

Alma nous manque à nous aussi énormément.»

Hum. Ce n'est donc pas maman qui écrit. Elle était déjà morte. Je poursuis la lecture.

«Mais Anne-Marie nous apporte tellement de bonheur. C'est vraiment la fille d'Alma : elle est vive, joyeuse ! Et si intelligente ! À peine six mois et déjà elle nous reconnaît. Nous vous remercions du fond du cœur de nous l'avoir confiée.»

La lettre est signée «Solange et Raymond».

Solange et Raymond? Qui sont-ils? Pourquoi suis-je restée chez eux? Je prends une autre lettre. «Aujourd'hui, Anne-Marie a souri à Raymond. Il en a presque suffoqué de joie.» Une autre lettre. «Voici une photo d'Anne-Marie avec une de nos chèvres. Raymond dit que notre petite-fille sera fermière plus tard.»

Le rouge me monte aux joues. Notre petite-fille? C'est moi ça! Ce sont mes grands-parents! Solange est ma grand-mère! J'ai vécu chez eux quand j'étais bébé et je ne m'en souviens pas. Et dire que je n'ai jamais entendu parler d'eux! Je suis sûre que ce sont les deux personnes que j'ai déjà vues sur les photos.

J'ai la tête qui tourne. C'est presque trop à supporter. Je sors une autre lettre, en espérant qu'elle m'aidera à comprendre ce temps qui échappe à mes souvenirs.

«Cher Richard, nous sommes contents que tu aies accepté notre proposition. Anne-Marie est heureuse ici et elle est en sécurité avec nous sur la ferme. Merci de nous avoir donné ce petit ange.»

Je n'en reviens pas. Mon père m'avait *donnée*! Je laisse tomber la lettre et je me lève.

J'ai les jambes tremblantes et ma tête tourne. Je voulais connaître mon passé, et maintenant que je sais la vérité, je crois qu'il aurait mieux valu ne rien savoir du tout. Je n'aurais jamais dû ouvrir ces lettres. Je quitte le grenier sans même un regard pour les boîtes que je laisse ouvertes derrière moi.

7

Couchée sur mon lit, je fixe le plafond. Je ne pleure pas. Je suis étendue, c'est tout, comme en état de choc. Comme si ma vie venait de basculer.

— Anne-Marie! fait la voix de Suzanne. Le souper est prêt! Viens aider Diane à mettre la table.

J'ouvre la bouche pour répondre, mais aucun son n'en sort. Je n'ai vraiment pas envie de manger, mais j'enclenche le pilotage automatique. Comme un robot, je me lève et je descends. Diane est en train de mettre la nappe et j'ouvre l'armoire pour y prendre les assiettes.

— Anne-Marie! fait Diane. Qu'est-ce qui se passe? Je ne savais même pas que tu étais dans ta chambre!

Je lui souris, mais ce n'est pas un vrai sourire. J'ai juste relevé les coins de ma bouche.

Diane ne remarque rien. Elle plie des serviettes de table.

— Je suis allée magasiner avec Sophie cet après-midi et j'ai acheté une superbe salopette, dit-elle. Turquoise avec une ceinture noire.

Je la laisse parler sans rien dire.

— Sophie a la même, mais rose. Trouves-tu que ce serait ridicule qu'on porte toutes les deux la même chose à l'école demain?

Elle attend une réponse.

— Euh, non, non. C'est une bonne idée.

— Ça va, Anne-Marie? demande Diane en m'observant plus attentivement.

Je hoche la tête, avec l'impression que je vais éclater en sanglots si j'essaie de parler.

— Tu es sûre?

Je hoche de nouveau la tête et elle hausse les épaules.

— Bon, si tu le dis.

Le souper est un véritable supplice. Heureusement, les autres semblent de bonne humeur et, au début, personne ne remarque que je ne parle pas beaucoup.

— On nous livre le nouveau lave-vaisselle demain, dit Suzanne.

— Parfait, dit papa.

Ils se mettent à parler de notre vieux lave-vaisselle et de ses manies bizarres. Même Diane, qui pourtant fait tout ce qu'elle peut pour éviter la corvée de la vaisselle, a des anecdotes à raconter. Ils s'amusent énormément.

Moi, je reste silencieuse, les yeux fixés sur papa. L'homme qui m'a envoyée au loin. L'homme qui ne voulait pas de moi. Mais comment se fait-il que je me sois finalement retrouvée avec lui plutôt qu'avec Solange et Raymond ? Le petit ange est-il devenu si diabolique qu'ils ne voulaient plus de lui ? Ils ont peut-être obligé mon père à me reprendre ?

Papa essuie ses yeux (il a ri aux larmes) et me jette un regard étrange.

— Qu'est-ce qui se passe, Anne-Marie ? Tu as le cœur brisé à l'idée de faire tes adieux à ce vieux lave-vaisselle agonisant ?

Ils se tordent de rire, mais moi, je ne souris même pas. Papa redevient sérieux et me regarde à nouveau.

— Est-ce que ça va, ma chérie ? me demande-t-il.

L'entendre m'appeler « ma chérie » m'enrage. Si j'étais sa « chérie », pourquoi m'a-t-il abandonnée ? La tristesse me submerge, mais j'essaie de le cacher. Je fais un sourire forcé et je hoche la tête.

— Tout va bien, murmuré-je.

Diane met sa main devant sa bouche et chuchote quelque chose à Suzanne et papa. Elle doit leur raconter que je suis peut-être fâchée contre Louis.

— Pouvez-vous m'excuser? dis-je poliment.

Je me passe de dessert et je reste toute la soirée dans ma chambre, prétendant avoir des devoirs à terminer. À un moment donné, on frappe à ma porte.

— Oui? dis-je.

— C'est moi, fait Diane. Je voulais juste te dire que si tu veux causer, je suis là.

— Merci.

— Louis a appelé tantôt. Je lui ai dit que tu étais occupée. Je suppose que c'est ce que je devais répondre?

— Parfait, dis-je.

Pauvre Louis. Il doit se demander ce qui se passe. Je devrais le rappeler, mais je n'ai pas l'énergie de prétendre que tout va bien. J'espère pouvoir tout lui expliquer la prochaine fois que je le verrai.

— Bon. Alors, bonne nuit, dit Diane.

Elle me parle comme si j'étais malade. Je sais bien qu'elle se sentirait mieux si je me confiais à elle, mais je ne suis pas prête.

— Bonne nuit, Diane. Et merci.

Je me glisse sous les couvertures et j'essaie de lire un peu. Sans succès. Je n'arrive pas à me concentrer. À la fin, j'éteins la lampe et je me blottis dans mon lit, dans l'espoir de m'endormir rapidement et cesser de penser à mon épouvantable découverte.

Je me tourne et me retourne, mais je suppose que j'ai dû m'assoupir puisque je me réveille tout à coup en criant : « Maman ! » Encore ce rêve. J'étais assise sur le perron entre deux personnes. Je caressais le chaton sur mes genoux. Malgré leur présence, je me sentais seule.

Je reste étendue une minute, songeant à mon rêve. Puis, je me redresse, frappée par une idée soudaine. Ce rêve ne sort pas de nulle part ! Il vient de ma mémoire. La petite fille, c'est moi, et les deux personnes sont Solange et Raymond. Je me sens seule parce que papa et maman me manquent.

Une larme coule sur ma joue. Cette petite fille n'est même pas assez vieille pour comprendre que sa maman est morte et que son père ne veut plus d'elle. Tout ce qu'elle sait, c'est que ses parents ne sont plus avec elle. Peu importe que les gens qui l'hébergent soient bons et gentils, ce sont des étrangers et la petite fille se sent perdue.

Je jette un œil au réveil. Il est à peine deux heures du matin, mais maintenant que j'ai compris mon rêve, je ne parviendrai plus à me rendormir. D'ailleurs, le fait de connaître une partie de la vérité me pousse à vouloir en apprendre davantage. Je dois retourner au grenier.

Je prends ma lampe de poche et je sors sans bruit de ma chambre. La maison est silencieuse, tout le monde dort paisiblement. J'ouvre doucement la porte du grenier pour ne pas la faire grincer, et je la referme derrière moi avant de monter. Le faisceau de ma lampe est faible et éclaire à peine l'escalier. Une fois en haut, j'allume le plafonnier. Un couinement se fait entendre quelque part. Ce n'est qu'un écureuil, me dis-je. Rien d'inquiétant. Sur la pointe des pieds, je m'approche de la chaise berceuse et des boîtes. Mon cœur bat à tout rompre et j'ai du mal à respirer l'air renfermé du grenier.

Je sors un paquet de lettres de la boîte et je m'assois sur la chaise. Je tiens les lettres serrées dans ma main et je reste un moment à les fixer. Je prends une profonde inspiration, puis je me décide à en ouvrir une.

« Cher Richard, Anne-Marie grandit et change tous les jours. Raymond et moi sommes très chanceux de l'avoir avec nous. » La lettre décrit mes plus récentes prouesses : j'ai caressé la chèvre, j'ai souri au voisin, j'ai tiré la queue du chat (par accident !)... À la fin, Solange ajoute : « Je peux vous assurer que vous avez pris la bonne décision en nous envoyant Anne-Marie. Ici, elle grandira en force et en santé. »

Je ferme les yeux. J'ai tellement de mal à croire que papa m'ait donnée. Pourquoi a-t-il fait ça?

J'ouvre les yeux et je commence une autre lettre.

« Voici une photo d'Anne-Marie à son premier anniversaire. C'est une enfant charmante. » La tristesse me serre le cœur de nouveau. Mon père n'était même pas là pour mon premier anniversaire! Il se fichait bien de moi!

Assise dans l'obscurité, j'essaie de rassembler mes idées. Chaque lettre que je lis rend les choses encore plus troublantes. J'arrête ou je continue? Je suis si fatiguée que j'en tremble. Pourtant, il reste encore trop de questions non résolues. Pourquoi ai-je été envoyée chez mes grands-parents? Combien de temps y suis-je demeurée? Pourquoi m'a-t-on fait revenir à Nouville? Je dois poursuivre ma lecture.

« Cher Richard, nous comprenons votre désir de passer quelque temps avec Anne-Marie. »

En lisant ces lignes, je pousse un immense soupir de soulagement. Il voulait me voir!

« Cependant, j'ai bien peur qu'un voyage jusqu'à Nouville ne la perturbe trop en ce moment. Vous trouverez ci-joint des photos récentes. Cela satisfera peut-être votre besoin de voir votre fille. »

Je saisis une autre lettre et la lis sans hésiter. Je meurs d'envie de savoir ce qui s'est passé ensuite. « Cher Richard, ne soyez pas si véhément. Bien sûr, nous comprenons votre désir de reprendre votre rôle de père. Mais êtes-vous certain de pouvoir vous occuper d'une petite fille aussi facilement que nous ? Après tout, vous êtes un homme seul. Les petites filles ont besoin de plus que d'un seul parent. »

Je retiens mon souffle et tire une autre lettre. Mon père insistera-t-il pour me reprendre ? « Cher Richard, si vous êtes certain de pouvoir prendre soin de la petite, nous acceptons de vous la retourner. Mais rappelez-vous que vous nous l'avez confiée et que nous ne sommes pas prêts à la voir quitter notre vie pour toujours. Nous voulons nous assurer qu'elle sera élevée correctement. Elle a maintenant presque dix-huit mois et nous lui avons donné ce que nous pouvions. Nous vous la confions pour l'instant. Mais n'oubliez pas qu'elle est autant à nous qu'à vous. »

Je dépose la lettre (c'est la dernière du paquet) et je fixe l'obscurité. Donc, mon père voulait de moi. Et suffisamment pour exiger mon retour à Nouville. Mais mes grands-parents voulaient eux aussi me garder. Avaient-ils un droit légal sur moi ? Cela expliquerait peut-être pourquoi mon père était si strict avec moi quand j'étais petite : il devait prouver qu'il était un bon père. Sinon, j'aurais pu être remise à la garde de mes grands-parents.

Je me demande s'ils sont encore vivants. Et s'ils le sont ? S'ils voulaient encore avoir ma garde ? Soudain, c'est toute mon existence qui chavire. J'appartiens à qui ?

Je trouve stupéfiant de n'avoir jamais rien su de tout cela. Pourquoi ne m'a-t-on rien dit ? Pourquoi mon père a-t-il tenu ces événements secrets ? D'autres personnes devaient être au courant : Mimi, et la mère de Christine, et les parents de Claudia. Peut-être même que les frères aînés de Christine le savaient, eux aussi ! Je suis furieuse. Pourquoi suis-je la dernière à apprendre des choses qui ne concernent que moi ?

C'est trop. Je me cale au fond de ma chaise, trop épuisée pour redescendre et me coucher. Je réfléchis un long moment. Je finis sans doute par succomber au sommeil, car lorsque j'ouvre les yeux, un rayon de soleil me chauffe le visage. J'ai dormi dans le grenier !

CHAPITRE 8

Après ma nuit passée au grenier, la journée à l'école n'est pas facile. D'abord, je suis fourbue. Ensuite, j'ai mal au cou d'avoir dormi dans la chaise berceuse. Et, bien sûr, je suis encore sous le choc de mes découvertes. Toute la journée, j'éprouve une sensation étrange, et je ne me sens pas à ma place. Rien ne me semble familier, j'ai du mal à me rappeler mon horaire, je ne sais plus comment me comporter avec mes amis. Je ne pense pas tellement aux lettres, j'ai plutôt un grand vide dans le cerveau. Comme j'étais bien avant de savoir !

Je ne dîne pas pour éviter d'avoir à m'asseoir avec mes amis. Je sais que je ne pourrais rire à aucune des blagues de Christine sur la nourriture insipide de la cafétéria, ni écouter Diane vanter un garçon de sa classe qu'elle trouve beau. Je n'ai pas non plus envie de voir Louis et de m'expliquer. C'est plus simple de me réfugier à la bibliothèque et de lire *Les Hauts de Hurlevent* pour la énième fois en grignotant un sandwich.

À la fin des cours, j'annonce à Diane que je ne rentrerai pas avec elle parce que je veux ranger mon casier. Elle me jette un drôle de regard, mais heureusement, elle ne me pose aucune question. Je flâne le plus longtemps possible, puis je rentre à la maison en prenant mon temps. Je vais droit à ma chambre et j'y reste à caresser Tigrou et à regarder par la fenêtre.

À dix-sept heures, on frappe à ma porte.

— Anne-Marie, fait Diane, c'est bientôt l'heure de la réunion. Tu viens avec moi chez Claudia?

Oh! non. C'est mercredi. J'avais complètement oublié la réunion du CBS. Il va falloir que je fasse semblant que tout va bien. Je suis allée à l'école, je ne peux donc pas prétendre que je suis malade. Mais je n'ai pas le goût de marcher avec Diane et de me faire harceler de questions.

— Non, je termine d'abord mon rapport de lecture, dis-je en mentant. Je vais m'y rendre à bicyclette.

— Alors, à tantôt, dit-elle.

Je l'entends descendre. Prise d'une soudaine impulsion, j'ai envie de la rappeler et de tout lui dire. Parler me calmerait peut-être. Mais quand j'entends la porte claquer, l'envie de me confier me passe. Aussi bien tout garder pour moi, me dis-je. Je n'ai pas le goût de me faire plaindre par d'autres, j'ai déjà assez de mal à me comprendre moi-même.

Je reste quinze minutes à fixer le vide, puis je me dis qu'il vaut mieux partir si je ne veux pas que Christine se fâche. Elle déteste qu'on arrive en retard aux réunions. J'enfourche mon vélo et je me rends chez Claudia. J'entre dans la maison sans frapper et je monte en courant à sa chambre, hors d'haleine, mais juste à temps pour entendre Christine appeler à l'ordre.

Comme toujours, Christine est assise dans le fauteuil de Claudia. Elle hoche la tête en me regardant prendre place entre Diane et Claudia. Sophie est installée sur la chaise de bureau de Claudia. Jessie et Marjorie sont assises près d'elle. Jessie s'amuse à faire des petites tresses à Marjorie.

Christine allait sûrement faire une annonce officielle, mais la sonnerie du téléphone l'interrompt. Christine, Sophie et Claudia se précipitent sur l'appareil. Moi, je reste immobile.

— Allô? fait Sophie qui a réussi à prendre le récepteur la première. Le Club des baby-sitters. Bonjour, madame Robitaille… Oui… Je vous rappelle.

Elle raccroche.

— Madame Robitaille a besoin d'une gardienne pour vendredi après-midi et en soirée.

Il y a un silence. Tout le monde me regarde. Je cligne des yeux.

— Anne-Marie! dit Christine. On attend!

Attendre? Mais quoi? Je regarde mes mains, essayant de rassembler mes esprits. Puis j'aperçois l'agenda posé sur mes genoux. Je me sens complètement stupide.

— Oh! une seconde! dis-je en ouvrant l'agenda. C'est jeudi le douze, hein?

— Pas jeudi, rectifie Christine. Vendredi. Qu'est-ce qui se passe, Anne-Marie? Ça ne va pas?

— Oui, oui. Bon, voyons voir. Jessie et Diane sont les seules disponibles.

— Je ne peux pas y aller, dit Jessie. Je n'ai pas la permission de garder le soir.

— C'est vrai, dis-je. Bon, alors il ne reste que Diane.

J'inscris son nom pour vendredi et Sophie rappelle madame Robitaille.

Je lève les yeux. Christine m'observe toujours d'un air intrigué.

— Anne-Marie, tu es ailleurs, dit-elle. Qu'y a-t-il?

On dirait bien que la seule fois où Christine se décide à faire preuve d'une certaine compas-

70

sion tombe justement le jour où je n'ai pas
envie de parler de mes problèmes.

— Il n'y a rien de spécial.

— Je pensais qu'elle et Louis s'étaient dis-
putés, intervient Diane. Mais j'ai parlé à Louis
aujourd'hui et il m'a dit que tout allait bien
entre eux.

— Il lui est peut-être arrivé quelque chose à
l'école, suggère Jessie.

— Non, fait Diane, elle m'en aurait parlé.

Je les écoute discuter de mon cas comme si
j'étais absente. Et ça me laisse complètement
indifférente, car j'ai vraiment l'impression d'être
ailleurs. Peu après, le téléphone se remet à
sonner et la conversation tombe. C'est Claudia
qui répond.

— Madame Seguin ! s'exclame-t-elle. Comment vont les filles ? Ça fait longtemps qu'on ne
les a pas vues ! (Elle écoute un moment.) Myriam
a une dent qui branle, répète-t-elle pour nous, et
Gabrielle et Laura viennent de finir une vari-
celle. (Elle écoute encore.) Bien sûr... Juste un
instant s'il vous plaît. (Elle se tourne vers moi.)
Madame Seguin a besoin de quelqu'un samedi.
Pas vendredi, samedi. Après-midi.

Elle cligne des yeux pour se moquer genti-
ment de moi.

Je consulte l'agenda, et c'est Marjorie qui

obtient la garde. Je commence à revenir sur terre.

— J'ai entendu dire que la classe de Myriam prépare un gros projet pour la Journée des Souvenirs, dit Sophie. Ils font une peinture murale sur le Nouville d'autrefois. Elle sera exposée à la foire. Des élèves de cinquième les aident.

— Vous savez, dit Christine, j'ai bien réfléchi à cette Journée des Souvenirs. Le but est de recueillir des fonds pour la Société historique, n'est-ce pas ?

— Oui, répond Claudia. Ma mère m'a dit que la Société historique a besoin d'argent pour rénover la vieille scierie.

— Le CBS devrait participer, dit Christine. On pourrait avoir un stand.

— Bonne idée ! s'exclame Claudia. Que diriez-vous d'un stand de maquillage ? J'adore grimer les enfants. Eux aussi adorent ça.

— C'est bien amusant, admet Diane, mais ça n'a pas tellement de rapport avec l'histoire de Nouville. Il faudrait faire quelque chose de plus... historique.

— Comme quoi ? demande Marjorie. Si on vendait des produits qu'on aurait fabriqués à partir d'anciennes recettes ?

— Ça exige trop de recherches, dit Jessie. Restons simples.

— Je sais ! s'exclame Sophie. On pourrait dessiner et découper des cartons représentant des personnages d'époque grandeur nature et les gens se feraient photographier à côté.

— Pourquoi pas ? fait Claudia, enthousiaste.

— Oui, bonne idée, dit Christine. Mais quels personnages pourrait-on prendre ?

— Il nous faudrait des gens qui ont marqué l'histoire de Nouville, dit Marjorie.

Je l'approuve. Je dois même avouer que le projet m'emballe. Je ne suis pas vraiment prête à participer, mais au moins, la discussion m'intéresse.

— Comme le vieux Marcoux ? suggère Jessie.

— Oui ! fait Christine. Et aussi... vous vous souvenez de cette peinture de jeune fille qu'on avait découverte dans le grenier de Sophie ?

Sophie n'a pas le temps de réagir, le téléphone sonne et elle répond. Elle parle quelques instants avant de raccrocher.

— C'était le docteur Jasmin, dit-elle. Elle est catastrophée. Elle ne pourra pas accompagner Charlotte au pique-nique. Monsieur Jasmin ne peut pas, lui non plus. Charlotte aurait aimé que j'y aille avec elle, mais je suis déjà prise. Qui d'autre est libre ?

Je consulte l'agenda (sans qu'on me le demande, cette fois).

— Je suis la seule qui soit libre, dis-je.

— Tu n'as pas l'air très emballée, me fait remarquer Sophie. Tu es sûre que tout va bien, Anne-Marie ? Tu n'as pratiquement pas dit un mot de toute la réunion !

— Je vais bien, si ça peut vous rassurer. Et ça me fait plaisir d'accompagner Charlotte au pique-nique.

Et ce qui me fait encore plus plaisir, c'est qu'il est dix-huit heures et que la réunion est terminée. Je vais enfin pouvoir retourner à ma chambre. Finis les sourires forcés !

CHAPITRE 9

En pédalant vers la maison, je songe à ce que j'ai ressenti d'être avec mes amies… tout en n'étant pas avec elles. C'était comme si je les observais. Un peu comme une anthropologue. J'ai appris ce mot à l'école. Les anthropologues sont ces gens qui étudient le comportement humain. Certains vont dans des tribus qui vivent au cœur de la jungle pour observer leur façon de vivre. C'est un peu comme ça que je me sentais à la réunion. J'observais les comportements de jeunes gardiennes nord-américaines typiques.

Vous devez me trouver bien bizarre.

Moi-même je commence à me trouver étrange. Je crois qu'il est temps que je redevienne normale. Et le seul moyen d'y parvenir, c'est de parler à quelqu'un de ce qui m'arrive en ce moment. En me confiant, je pourrai peut-être commencer à m'accepter?

75

Je décide d'appeler Louis. Ça fait des jours que je ne lui ai pas parlé, il doit sûrement se demander ce qui se passe. Ce n'est pas très gentil de ma part.

En rentrant, je vais directement au salon. Diane est chez les Picard où elle aide Marjorie à garder ses frères et sœurs. Papa prépare le souper et Suzanne est en haut. Sans perdre de temps, je compose le numéro de Louis. Je me sens très nerveuse, mais j'essaie de me persuader que je fais le bon choix.

— Allô?

Zut, ce n'est pas Louis.

— Bonjour, madame Brunet, dis-je. C'est Anne-Marie. Est-ce que Louis est là?

— Bonjour, ma belle. Non, Louis est parti faire une course pour moi. Il devrait rentrer d'un moment à l'autre.

— Pourriez-vous lui dire de me rappeler, alors? C'est assez important.

— D'accord, dit-elle. Je lui fais le message. Je suis sûre qu'il sera content.

— Merci.

Après avoir raccroché, j'essuie mes mains moites sur mon pantalon. Je n'ai jamais été aussi nerveuse de parler à Louis depuis notre première rencontre. Je m'assois sur le canapé et j'attends son appel. Je prends un magazine et j'essaie de me concentrer, mais je n'y arrive pas.

J'imagine ce que je vais lui dire : « Louis, je suis désolée d'avoir été si distante ces temps-ci. Mais je viens de découvrir quelque chose de terrible. Imagine-toi que quand j'étais toute petite, mon père m'a donnée ! » Louis va me poser une foule de questions. Il ne me croira pas et il faudra que je lui parle des lettres. Il voudra savoir pourquoi je ne suis pas restée avec mes grands-parents. « Je ne sais pas, devrai-je lui répondre. Je crois que mon père voulait me ravoir. Mais mes grands-parents me voulaient, eux aussi, et ils me veulent peut-être encore. Il faudra peut-être que je retourne vivre chez eux un jour ! »

Louis va s'inquiéter autant que moi, mais je suis certaine qu'il trouvera des paroles réconfortantes. Il pourra peut-être m'aider à décider de ce que je dois faire, maintenant que je connais le secret de mon enfance.

Je reste assise, me rongeant les ongles. Que fait donc Louis ? Sa mère a dit qu'il serait de retour dans quelques minutes. Ça en fait déjà sept. Il a peut-être eu un problème. Ou un accident. Du calme. Là, je m'en fais pour rien. Et s'il était déjà rentré, mais qu'il ne voulait pas me parler ? Il est peut-être fâché contre moi ?

Mon estomac se noue. Je devrais le rappeler et m'excuser.

Mais juste comme je m'apprête à le faire, le téléphone sonne. Je décroche le récepteur, mais avant que je puisse dire quoi que ce soit, j'entends la voix de mon père. « Allô ? » Il a dû répondre de la cuisine. Au moment où je veux lui dire que c'est pour moi, la voix à l'autre bout dit : « Richard ? C'est vous ? »

Ce n'est pas Louis. Je devrais raccrocher, je sais que ce n'est pas bien d'espionner les gens, mais la curiosité est trop forte. Qui est à l'appareil ? C'est une voix que je ne connais pas.

Mon père ne semble pas reconnaître la voix, lui non plus.

— Oui, c'est Richard Lapierre, dit-il. Qui est à l'appareil ?

— Richard, c'est Solange Bélanger.

L'espace d'une seconde, papa ne dit rien. Est-ce le choc ? Le téléphone me glisse presque des mains. Je dois poser mes doigts sur le combiné pour qu'ils n'entendent pas ma respiration qui est devenue presque haletante. Solange Bélanger ! Ma grand-mère !

— Oh ! Solange ! dit enfin mon père. Eh bien, ça fait longtemps !

— En effet, répond-elle. Très longtemps. Anne-Marie doit avoir… quel âge, déjà ? Douze ans ?

— Treize, corrige mon père.

— Treize ans, fait ma grand-mère. Elle doit avoir bien changé.

Oh! la la! Ça veut dire que papa ne leur a pas envoyé de photos depuis des années. Il a sans doute perdu tout contact avec eux.

— Elle ressemble de plus en plus à sa mère, dit mon père.

Deuxième choc! Il ne m'a jamais dit ça!

Ma grand-mère pousse un soupir.

— Richard, j'ai une mauvaise nouvelle à vous apprendre. Raymond est décédé la semaine dernière. Le cœur…

— Oh! Je suis désolé, dit papa.

— C'est dommage qu'il n'ait pas vu sa petite-fille avant de mourir, ajoute ma grand-mère d'un ton de reproche.

— J'avais cru comprendre que vous aviez décidé que ce serait mieux ainsi, dit mon père, en essayant de garder son calme.

— Au départ, c'était votre décision. Mais je ne suis plus certaine que c'était la bonne.

— Que voulez-vous dire? demande mon père.

C'est exactement la question que j'aurais moi-même posée. Que veut-elle dire? Qu'elle regrette de m'avoir confiée à papa?

— Je veux dire que la perte d'Anne-Marie a

été très pénible pour Raymond et moi, toutes ces années.

— Je suis vraiment désolé, Solange.

— Je voudrais qu'elle revienne ici, dit ma grand-mère.

Oh! non! Exactement ce que je craignais.

— Pardon? fait papa.

— Je veux qu'elle vienne chez moi. Je ne veux pas mourir sans l'avoir revue. C'est le seul être qui me reste, maintenant.

— Je ne sais pas, Solange, dit papa. Anne-Marie est très heureuse ici. Elle ne se rappelle rien de sa petite enfance et je préfère que ça continue ainsi. Remuer le passé ferait du mal à tout le monde.

— Vous n'avez pas changé, Richard, poursuit ma grand-mère. Vous êtes aussi borné qu'avant. Mais maintenant, je veux que ça se passe comme je l'entends. Je peux être aussi têtue que vous. Je veux qu'Anne-Marie revienne.

— Solange, dit mon père, je suis désolé pour Raymond, mais je ne peux pas vous laisser faire. Anne-Marie reste avec moi.

Comme je suis contente d'entendre papa dire ça!

— Je n'accepte pas ce refus, Richard. Il va falloir que nous mettions les choses au clair. Comme la dernière fois.

Je suis trop ébranlée pour en écouter davantage. Je raccroche doucement en espérant qu'ils n'entendent pas le clic. Puis je me rassois sur le canapé et je prends une profonde inspiration. Si tantôt j'étais craintive et troublée, ce n'était rien comparé à ce que je ressens maintenant. D'aussi loin que je me souvienne, j'ai vécu à Nouville. Mes amis et ma famille sont ici. Et à présent, il faudrait que j'aille passer le reste de ma vie au loin, avec une vieille dame que je ne connais pas ? Et qui ne semble pas gentille, en plus ? Elle me fait plutôt l'effet d'une vieille bourrique, prête à tout pour obtenir ce qu'elle veut. Et ce qu'elle veut, c'est moi.

Je n'arrive même pas à pleurer.

— Anne-Marie ?

Diane vient d'entrer dans le salon.

— J'étais chez les Picard. Qu'est-ce qui se passe ?

Je dois avoir l'air vraiment bouleversée. Soudain, je fonds en larmes.

— Oh ! Diane ! C'est terrible.

À travers mes sanglots, je lui raconte tout.

— Anne-Marie, dit-elle, la mine inquiète. Arrête de pleurer, d'accord ? Tout va bien se passer... je crois.

Elle me serre dans ses bras.

— Étais-tu au courant, toi ? lui demandé-je

en essuyant mes larmes. Je parie que j'étais la seule à ne rien savoir.

— J'ignorais tout, moi aussi. Richard en a peut-être déjà parlé à ma mère, mais elle ne m'en a rien dit. Je suis aussi étonnée que toi. Écoute, tu es ma sœur. Il n'est pas question de te laisser partir.

En l'entendant m'appeler sa sœur, je me remets à pleurer.

— Ne pleure pas. Calme-toi un peu et on va en discuter. On va sûrement trouver une solution.

Nous passons le reste de la soirée à parler, mais au moment d'aller nous coucher, nous n'avons toujours rien réglé. Depuis que je me suis confiée à Diane, je me sens mieux, mais ça ne résout rien. La vraie et unique question, c'est : Est-ce que ma grand-mère a un droit légal sur moi ?

CHAPITRE 10

Vendredi

Si des producteurs de Hollywood connaissaient Jérôme Robitaille, ils pourraient faire des millions grâce à lui. Évidemment, ça leur prendrait des cascadeurs pour reproduire tout ce que Jérôme fait dans la vraie vie. Ça serait une histoire pleine de rebondissements, de suspense et de frissons. Jérôme survivra-t-il à une autre chute dans l'escalier ? Jérôme réussira-t-il à recoller la lampe qu'il vient de casser avant le retour de sa mère ? La gardienne de Jérôme fera-t-elle une dépression nerveuse ? « Les aventures de Jérôme, le désastre ambulant », à l'affiche bientôt dans un cinéma près de chez vous !

Comme vous l'avez sans doute deviné en lisant la note de Diane dans le journal de bord, garder les Robitaille est un perpétuel défi. Ils savent vous tenir en alerte, surtout Jérôme. Nous le surnommons « le désastre ambulant » parce que partout où il passe, il attire la malchance. En fait, nous l'aimons beaucoup, et ses frères aussi. Le problème, c'est qu'on ne sait jamais ce qui peut survenir quand on met les pieds chez eux.

Ce jour-là, quand Diane arrive, madame Robitaille est plus que prête à partir. Diane n'est pas en retard (les gardiennes du CBS sont toujours à l'heure), mais madame Robitaille semble avoir besoin de prendre l'air de toute urgence. Dès que Diane pose le pied dans la maison, elle se sauve.

— À tantôt ! lance-t-elle en se précipitant vers sa voiture. Soyez gentils !

Hum. Je suis certaine que Jérôme et ses frères voudraient être gentils. Parfois, ils se forcent vraiment. Mais « être gentils », c'est quelque chose de très ardu pour les Robitaille.

Stéphane a neuf ans. Il joue au base-ball et prend des leçons de piano. Jérôme, le désastre ambulant, a sept ans. Il se met toujours les pieds dans les plats. Mais quel sourire irrésistible ! Quand sa figure s'illumine, impossible de ne pas lui rendre son sourire. Augustin, le plus jeune, a quatre ans. Il est adorable, surtout quand il nous montre les pirouettes qu'il a apprises à la garderie. C'est justement ce qu'il est en train de faire à l'arrivée de Diane.

— Regarde, Diane ! crie-t-il en exécutant une culbute. L'éducatrice dit que c'est moi qui réussis le mieux !

Au moment où Augustin a encore les jambes en l'air, Jérôme entre dans la pièce avec une assiette de biscuits à la main. Il bute contre son frère et les biscuits volent un peu partout.

— Oh ! non ! fait-il. J'allais les manger en regardant la télé.

Augustin a fini sa culbute et attend. Il ne semble pas avoir remarqué l'accident.

Jérôme regarde Diane, tout désolé.

— Je n'avais pas vu Augustin, explique-t-il. Ce n'est pas ma faute, hein ?

Ce n'est jamais sa faute !

— Bien sûr que non, dit Diane. Mais nettoie quand même les miettes avant qu'elles ne s'enfoncent dans le tapis.

— Le chien va régler ça, dit Stéphane qui vient d'entrer à son tour. Il aime beaucoup nettoyer ce genre de dégât.

En effet, à cet instant, le chien des Robitaille entre en coup de vent et se précipite sur les biscuits. En quelques secondes, tout a disparu.

— Tu vois ? dit fièrement Stéphane.

— Merveilleux, dit Diane. Bon, quel est le programme aujourd'hui ? Avez-vous des devoirs à terminer ?

Madame Robitaille est sortie tellement vite, que Diane ne sait pas ce que les garçons doivent faire.

— Pas moi ! répond Jérôme.

— Moi oui, dit Stéphane. Hé ! Tu pourrais m'aider. Il faut que je trouve des choses sur l'histoire de Nouville pour la Journée des Souvenirs. Il faut que je parle des familles qui ont fondé la ville. Mon professeur m'a dit que je devrais aller à l'Hôtel de ville et consulter les registres.

— D'accord, dit Diane. Je n'y suis jamais allée, mais quelqu'un pourra sûrement nous aider. Ça pourrait être amusant. Qu'en pensez-vous, les garçons ? demande-t-elle à Jérôme et Augustin.

— Oui ! fait Jérôme. On emmène le chien ?

Diane lui jette un regard.

— Vaut mieux pas, se résigne alors Jérôme en embrassant son chien. Bon, bon. Pauvre chien qui va rester tout seul à la maison. Allons-y !

Diane aide les garçons à enfiler leurs vestes et ils sortent.

L'Hôtel de ville est juste à côté de la bibliothèque. C'est un gros édifice de pierre grise et j'ai toujours trouvé qu'il ressemblait à une prison. C'est aussi ce que pense Diane en grimpant les marches avec les garçons. Elle pousse la porte massive. Une odeur de renfermé et une sensation de quiétude les accueillent. Diane se rend compte soudain que ce n'est peut-être pas l'endroit idéal où amener les jeunes Robitaille. Elle attrape Augustin par la main et ordonne à Jérôme de rester près d'elle.

— Je veux que vous vous teniez comme il faut, chuchote-t-elle aux garçons. Ne parlez pas fort, ne touchez à rien de fragile. Compris?

Jérôme et Augustin font oui de la tête.

— Bon, leur dit-elle en les faisant asseoir à une table, vous restez ici pendant que j'emmène Stéphane au comptoir pour commencer sa recherche. Ne bougez pas, je reviens tout de suite.

En emmenant Stéphane au comptoir, elle jette un coup d'œil derrière elle. Les petits garçons sont tranquilles, les mains sur les genoux, comme deux bambins innocents. Diane sourit intérieurement. Elle savait bien qu'ils peuvent être gentils quand ils le veulent.

Avec l'aide de la préposée, Stéphane se retrouve bientôt installé devant une pile de registres.

— J'ai l'impression que tu vas trouver beaucoup de choses ici, constate Diane.

Puis, une idée lui vient à l'esprit. Elle prend le registre des « B » pour vérifier les familles Bélanger au cas où elle trouverait quelque chose sur ma mère et ma grand-mère. Mais avant même qu'elle puisse l'ouvrir, elle entend un craquement dans la pièce à côté. Elle avait oublié Jérôme et Augustin !

— Oh ! non ! gémit-elle.

Elle se précipite vers la table où elle les a laissés. Ils n'y sont plus. Elle entre alors dans la pièce d'où provenait le bruit. Jérôme est là, devant un classeur, l'air piteux. La préposée, à genoux, essaie de ramasser des tas de chemises sans les mêler. Un tiroir du classeur gît sur le plancher.

— Je suis désolée, dit Diane à la dame.

— Ce n'est rien, répond celle-ci. Ce n'est pas la première fois que ça arrive.

— Je n'ai pas fait exprès, dit Jérôme. Je voulais juste voir si…

— Ça suffit, dit Diane avec un brin d'impatience dans la voix. Où est Augustin ?

— Euh, il voulait jouer à la cachette, alors je lui ai dit d'aller se cacher.

— Quoi ? Où est-il ?

— Je ne sais pas, répond Jérôme. Quelque part.

Diane lève les yeux au ciel.

L'après-midi lui semble très long. Pendant que Stéphane consulte les registres, Diane s'occupe activement de Jérôme et Augustin. Elle découvre celui-ci derrière des rideaux, puis traverse la pièce à la course pour empêcher Jérôme de se photocopier le visage. Ensuite Augustin s'échappe de nouveau, cette fois dans les toilettes des hommes. Diane doit demander à un des employés d'aller le chercher. Peu après, Jérôme se laisse glisser sur la rampe du grand escalier central, manquant de renverser au passage la mairesse qui sort de son bureau. Pendant que Diane fait ses excuses pour Jérôme, Augustin s'échappe une fois de plus et, après une longue recherche, elle le retrouve dans le placard du concierge.

Quand elle revient à la maison, Diane est éreintée, mais elle surmonte sa fatigue pour venir me confier ses réflexions de la journée.

— Tu sais, me dit-elle, j'ai essayé de trouver des renseignements sur ta mère à l'Hôtel de ville.

— Ah oui ? Tu crois que je pourrais y découvrir quelque chose ?

— Peu importe, dit Diane. Je me suis rendu

compte que pour savoir ce que tu veux savoir, tu ne devrais pas être obligée de consulter des archives. C'est à ton père qu'il faut parler. Il est temps que tu te décides.

— Non, dis-je, entêtée. Pas à mon père.

— Alors, à un autre adulte.

— Je n'en aurai jamais le courage. Je ne saurais pas quoi dire. Si Mimi était encore vivante…

— Mais elle ne l'est plus, tranche Diane. Tu as besoin de renseignements et d'aide aussi. Pourquoi ne pas au moins en parler à Christine, ou à Claudia ? Leurs parents savent peut-être quelque chose ?

Diane réussit à me convaincre. Malgré mes réticences, je téléphone à Christine et à Claudia et je leur raconte mon histoire. L'une et l'autre restent estomaquées, mais aucune des deux ne peut m'aider. C'est la première fois qu'elles entendent parler de mon étrange passé.

CHAPITRE 11

Peinture?

— O.K.

— Carton?

— O.K.

— Musique?

— O.K. dis-je en brandissant le magnétophone. Tout est là.

Diane et moi attendons les autres membres du CBS. Nous avons choisi ce samedi pour fabriquer nos personnages grandeur nature pour la Journée des Souvenirs. Papa et Suzanne sont partis faire des courses, comme tous les samedis matin, alors la maison est à nous.

Louis arrive le premier, suivi de Jessie et Marjorie. Quand Claudia s'amène, elle me jette un regard complice et m'embrasse très fort.

— Je vais bien, lui dis-je, fermement résolue

à oublier mes problèmes, au moins pour aujour-
d'hui.

Ma conversation avec elle et Christine, hier
soir, m'a fait beaucoup de bien, même si ça n'a
rien réglé. Mais je ne suis pas encore prête à en
parler à tout le monde. Je me suis excusée auprès
de Louis pour mon comportement étrange, mais
je ne lui ai fourni aucune explication.

Christine me lance elle aussi un regard complice, mais au lieu de me serrer dans ses bras,
elle me donne un petit coup de poing sur le bras.
C'est sa façon à elle d'embrasser. Ça veut dire :
« Je suis là » ou quelque chose de ce genre.

Sophie arrive peu après, et nous pouvons
commencer. Diane fait jouer le dernier succès
de Roch Voisine et Claudia et Marjorie se mettent à dessiner les personnages sur le carton.
Les autres mélangent les couleurs et étendent
des journaux sur le plancher. J'ai promis à papa
et Suzanne qu'on nettoierait tout.

— Parfait, dit Claudia en exhibant l'esquisse
qu'elle a terminée. Qui veut commencer à peindre le vieux Marcoux ?

— C'est super, Claudia ! s'exclame Diane.
J'adore son habit.

Le vieux Marcoux porte des culottes de
cheval et un gilet à l'ancienne. Diane se tourne
vers moi.

— On pourrait peindre celui-là, toi, Louis et moi. Et Jessie, Sophie et Christine pourraient faire l'autre.

— Ça me va, dit Louis en prenant un pot de peinture et un pinceau.

— Attends, dis-je. Ne vaudrait-il pas mieux le découper d'abord?

— Tu as raison, approuve Louis.

Il dépose ses affaires par terre et se dirige vers la cuisine.

— Je vais chercher des ciseaux.

— Louis! crié-je. J'en ai déjà!

Louis se retourne vivement, bute contre le pot de peinture qu'il vient de déposer. Une flaque jaune se répand sur les journaux.

— Vite! dis-je en lui lançant un rouleau de papier. Il ne faut pas que ça aille sur le plancher!

— Ne t'en fais pas, dit Claudia. C'est de la peinture à l'eau. Ça ne devrait pas laisser de traces permanentes.

— Tu en es sûre? demande Louis, qui regarde ses souliers tachés de peinture jaune.

— Retire-les, dis-je. Mais avant, éponge cette flaque.

Une fois que Louis a nettoyé la peinture et retiré ses chaussures, nous sommes prêts à commencer. Les autres ont déjà découpé leur personnage.

Diane découpe le nôtre. Juste comme elle donne le dernier coup de ciseaux, la cassette prend fin.

— Je m'en occupe, dit-elle.

Elle s'élance vers le magnétophone, et trébuche sur le pot de peinture rouge que j'étais en train de brasser.

— Oh! non! m'écrié-je.

Je m'empare du rouleau de papier et me mets à éponger le dégât. Il y a un peu de peinture sur mon short, mais tout est presque propre quand Diane revient après avoir changé la cassette et haussé le volume.

— Bon, au travail! lance-t-elle.

Pendant la demi-heure qui suit, nous peignons sans qu'aucun autre incident ne se produise. La musique est forte, et le rythme nous entraîne.

— J'adore ce portrait de jeune fille! s'écrie Jessie. Vous avez vraiment fait du bon travail.

Marjorie a une tache verte sur le bout du nez et Claudia le lui fait remarquer. En voulant l'essuyer, Marjorie se barbouille la joue.

— Bah! je m'en occuperai plus tard, dit-elle en souriant.

Louis saisit le pot de peinture bleue et commence à la brasser vigoureusement. Un peu trop vigoureusement. La peinture gicle sur mes jambes.

— Hé ! dis-je.

Je prends mon pinceau et le secoue dans sa direction. Des gouttes de peinture rouge éclaboussent sa chemise.

Ça y est, c'est le signal de la bataille !

Quelques minutes plus tard, nous sommes tous couverts de taches, de gouttelettes, de traînées de peinture. Claudia a du jaune sur les paupières, Sophie a les cheveux rouges, Jessie a les orteils roses. Un beau gâchis !

Le pire, c'est Louis : sa chemise est multicolore.

— C'est ridicule, dit-il. Chaque fois que je fais un geste, je me tache encore plus.

Il déboutonne sa chemise et l'enlève.

— Hou ! fait Christine.

Louis rougit.

Moi aussi. J'ai déjà vu Louis sans chemise, car nous pratiquons souvent la natation ensemble, mais là, c'est différent.

— Je vais te prêter une chemise de mon père dès que j'aurai fini ceci, dis-je. Je suis sûre qu'il voudrait.

Je n'ose même pas regarder Louis en lui parlant. Il me gêne beaucoup, soudainement.

— Savez-vous quoi ? dit Marjorie. Je meurs de faim. J'ai apporté ce qu'il faut pour faire des biscuits. Je peux, Diane ?

— Bien sûr, pourquoi pas ?

Marjorie va à la cuisine, et change la cassette en passant devant le magnétophone. Elle met le volume encore plus fort pour pouvoir l'entendre de la cuisine.

Je jette un regard à la pièce.

— Hum, j'espère que Suzanne et papa ne reviendront pas trop tôt, dis-je à Diane. C'est un vrai carnage.

Des morceaux de carton couvrent la table et le tapis. Il y a de la peinture partout. Et nous, nous avons l'air de rescapés d'une explosion dans une fabrique de peinture.

Marjorie revient, avec deux œufs à la main.

— Hé ! Anne-Marie, dit-elle, comment on allume le four ?

Je me lève pour l'aider. C'est alors que Tigrou surgit de dessous le canapé. Marjorie s'écarte pour l'éviter et laisse tomber les œufs.

— Oh ! oh ! fait-elle. Je vais chercher du papier.

Elle court à la cuisine et je m'apprête à la suivre, mais on sonne à la porte.

— J'y vais ! crié-je.

Je me retourne et glisse sur les œufs, mais je réussis à garder mon équilibre. Marjorie s'amène, le papier dans les mains, et se met à essuyer mes souliers.

— Ça va, ça va, lui dis-je. Occupe-toi plutôt du plancher.

J'ouvre la porte.

— Bonjour, dit la dame sur le perron. C'est bien la résidence des Lapierre-Dubreuil ?

Elle porte un tailleur bleu marine, des bas nylon et des souliers plats. Elle a un petit collier de perles au cou. Et elle tient une tablette à pince à la main.

Je reste bouche bée. Qui est-ce ?

— Euh, oui, oui, c'est bien ça, dis-je. Je peux vous aider ?

— J'ai seulement quelques questions à poser, dit-elle.

Elle jette un œil par-dessus mon épaule, comme pour mieux voir le désastre à l'intérieur.

Tout à coup, prise d'un horrible sentiment de panique, je devine qui elle est et ce qu'elle veut. C'est une travailleuse sociale, elle vient se renseigner sur papa et moi. Elle ne pouvait pas choisir un plus mauvais moment.

— Mon père n'est pas là, dis-je. Je veux dire… il sait que j'ai des amis ici, et jamais il ne nous aurait laissés faire les fous s'il était là, mais il a dû s'absenter. Il doit rentrer d'un moment à l'autre. J'en suis sûre. Il ne me laisse jamais seule bien longtemps.

Je me rends compte que je bavarde un peu trop.

La dame me regarde avec un drôle d'air.

— Ça ne prendra que quelques instants, fait-elle.

— Bien, bien, dis-je, en m'avançant pour sortir.

J'espère qu'en la retenant sur le perron, elle ne verra pas ce qui se passe à l'intérieur.

— Bon, l'œuf est presque tout nettoyé, crie Marjorie par-dessus la musique qui résonne dans le hall. Vous pouvez venir, il n'y a plus de risque de glisser.

— C'est parfait, Marjorie! crié-je à mon tour avant de me tourner vers la dame et marmonner: Un petit accident. Elle allait cuire des biscuits, des biscuits nutritifs, et…

— Qu'est-ce qui se passe, Anne-Marie? demande Louis derrière moi.

La dame le toise. Il n'a pas de chemise, il est nu-pieds et ses cheveux, couverts de peinture jaune, sont dressés sur sa tête.

— Louis, sifflé-je entre mes dents, tout va bien. Rentre.

Je le pousse à l'intérieur et je referme la porte derrière lui. Je me retrouve seule sur le perron avec la travailleuse sociale.

— Ce n'est pas comme ça, d'habitude, dis-je vivement. C'est que, avec mes amis… qui sont très responsables… nous préparons un projet.

Pour la Journée des Souvenirs. Celle que la Société historique organise. C'est *éducatif*, voyez-vous.

La travailleuse sociale semble de plus en plus éberluée.

— Je pense que je vais revenir plus tard, dit-elle. Vous m'avez l'air bien occupée. Je prendrai rendez-vous avec votre père.

Je me suis mise dans un beau pétrin, mais j'essaie de dissimuler ma panique.

— C'est parfait, dis-je. Il sera heureux de vous parler. Il n'a rien à cacher.

Me lançant un autre regard inquiet, la dame me dit au revoir et s'en va. Je m'assois sur une marche. Dès qu'elle disparaît, je me mets à pleurer.

La porte s'ouvre et Louis se glisse près de moi. Il a mis une chemise de papa. C'est Diane qui a dû lui prêter.

— Que se passe-t-il ?

— Oh ! Louis, fais-je en sanglotant.

Il passe son bras autour de mes épaules et m'écoute lui raconter mon histoire.

— Et à présent, elle va faire un rapport aux autorités, dis-je pour terminer. Et je vais être renvoyée chez ma grand-mère !

— Quelle grand-mère ? demande Sophie qui nous a rejoints.

Je ne me sens pas l'énergie de tout lui répéter. Alors Louis s'en charge pour moi. Nous sommes tous sur le perron, et mes amies n'en croient pas leurs oreilles.

— Anne-Marie, dit Jessie. Tu ne penses pas que tu devrais en parler à ton père?

— C'est ce que je crois, dit Diane. Il faut qu'elle lui en parle. Il lui doit des explications.

— Je ne peux pas! Et s'il me dit quelque chose que je ne veux pas savoir? Il m'a abandonnée. Il ne m'a peut-être jamais vraiment voulue. Même s'il s'est battu pour me ravoir. Peut-être que si je commençais à faire des problèmes, il me renverrait.

— En tout cas, penses-y, dit Louis en me pressant tendrement le bras. Je n'aime pas te voir dans cet état. Bon, et si on allait faire un peu de ménage?

CHAPITRE 12

Charlotte serre ma main. Nous nous dirigeons vers les tables de pique-nique, où s'agglutinent déjà une foule de gens.

— Je suis bien contente que tu sois venue avec moi, chuchote-t-elle. Regarde comme il y a du monde !

— Oui. Je me sens un peu gênée. Pas toi ?

Je suis certaine qu'elle est un peu intimidée et je crois que ça la rassure que je le sois aussi.

Il fait un temps magnifique. Des nuages cotonneux traversent le ciel bleu. J'ai résolu de me concentrer sur le pique-nique et de m'arranger pour que Charlotte s'amuse. Comme ça, je penserai moins à mes soucis.

— Regarde le ruisseau, Charlotte, dis-je en pointant du doigt un petit cours d'eau qui dévale la pente entre les saules. Il est joli, non ? On pourra peut-être aller y tremper nos pieds, tantôt.

Les tables de pique-nique sont recouvertes de nappes à carreaux rouges et blancs, où sont disposés de gigantesques bols et d'immenses plateaux garnis de nourriture.

— Oh! la la! fais-je. Il y en a assez pour nourrir une armée!

— Je n'ai pas tellement faim, dit Charlotte d'une toute petite voix.

Elle observe les enfants et les adultes qui nous entourent. Chaque jeune semble être accompagné de sa mère ou de son père ou des deux. J'imagine que Charlotte est triste de voir que ses parents n'ont pas pu venir.

— Essayons de trouver quelqu'un que nous connaissons, lui dis-je. Ah! voilà Becca Raymond.

Becca est la petite sœur de Jessie et c'est une des meilleures amies de Charlotte. Becca et sa mère sont en train d'inspecter la salade de pommes de terre. Nous nous approchons d'elles.

— Bonjour, Becca. Bonjour, madame Raymond.

— Oh! bonjour, Anne-Marie, répond madame Raymond.

Nous bavardons quelques instants. Charlotte semble moins timide. Elle et Becca remplissent leurs assiettes de montagnes de nourriture.

— Hé! Charlotte! N'en prends pas plus que

tu ne peux en manger, d'accord?

— On veut tout essayer, dit Charlotte. Tu vois, Becca prend une cuillerée dans un bol et moi j'en prends une dans le bol suivant et ainsi de suite. Comme ça, on va avoir goûté à tout.

— Bien pensé, les filles, dit madame Raymond en riant.

Je me remplis une assiette à mon tour. Je remarque que deux autres de leurs amies se sont jointes aux petites et qu'ensemble elles emportent leurs assiettes près du ruisseau. Les fillettes sont venues accompagnées de leurs mères. N'étant ni élève, ni parent, je me sens un peu mal à l'aise, et je me concentre sur ma salade.

Tout le monde parle de la Journée des Souvenirs. Charlotte explique son projet d'arbre généalogique. Une de ses copines a interrogé des gens âgés de Nouville pour recueillir des anecdotes du bon vieux temps.

— Il y a un homme, dit-elle, qui se souvient du temps où il n'y avait qu'un magasin général et un bureau de poste. Vous vous rendez compte?

Mon attention dérive. Je regarde les gens autour de moi. Il y a des enfants avec leur père, d'autres avec leurs grands-parents. Il y a aussi trois petites filles accompagnées de leur tante. Mais la plupart sont venus avec leurs mères. Moi, je ne suis jamais allée nulle part avec ma mère. Ni en pique-nique, ni dans les réunions de famille, ni même en promenade. Je n'y peux rien, je suis différente. Je pensais que venir ici avec Charlotte me distrairait, mais au contraire, ça ne fait que raviver mes blessures.

Après le repas, toutes sortes de jeux sont organisés. La Société historique a bien planifié la journée. Tout le monde s'amuse, même Charlotte, qui finalement ne souffre pas trop de l'absence de ses parents. Mais moi, je n'arrive pas à me débarrasser tout à fait de ma tristesse.

Dans l'après-midi, je ramène Charlotte chez elle et elle court voir sa mère pour lui raconter sa journée. Le docteur Jasmin me remercie et veut me payer, mais je refuse.

— Ça m'a fait plaisir de l'accompagner, dis-je.

Je sais que les Jasmin sont vraiment déçus de n'avoir pu aller au pique-nique avec elle.

Je rentre lentement chez moi. Les idées se bousculent dans ma tête. J'en ai assez d'être triste, j'en ai assez de ne pas bien connaître mon passé. Il est peut-être temps que je parle à mon père et que j'apprenne la vérité, même si elle doit me faire mal. D'ailleurs, je suis déjà tellement bouleversée que ça ne peut pas vraiment être pire.

Une fois à la maison, je cherche papa, sans le

trouver. La maison est vide. Suzanne et Diane sont au centre commercial. Ce serait le moment parfait pour parler à mon père. Je sors par la porte arrière et je m'assois sur une marche, Tigrou sur mes genoux.

— Oh! Tigrou, dis-je en le serrant. Toi, tu comprends. Tu ne te souviens sans doute pas de ta mère, toi non plus.

Tigrou me regarde en ronronnant.

Soudain, j'entends un cliquetis. Je lève les yeux et j'aperçois papa près de la clôture qui borde notre terrain. Il a la cisaille dans les mains.

— Papa! m'écrié-je, surprise. Je pensais que tu étais sorti.

Mon cœur se met à battre la chamade. Il est là, il faut donc que je fonce.

Il me sourit, dépose sa cisaille et vient s'asseoir près de moi.

— Comment s'est passé le pique-nique?

— Très bien.

Comment pourrais-je bien entamer la discussion?

— Papa, il y a quelque chose que je voudrais te demander.

— Bon, j'écoute.

— Euh, est-ce … est-ce que… est-ce que tu voudrais de la limonade? Tu dois avoir soif.

— Oh! oui. Ça fait déjà un bon moment que je travaille.

Je vais à la cuisine chercher la limonade, furieuse de n'avoir pas osé aborder le vrai sujet, mais quand même satisfaite d'avoir encore quelques minutes pour réfléchir à ce que je vais dire. Je sors avec deux verres.

— Merci, dit papa. Mmmm, c'est bon. Alors, qu'est-ce que tu voulais me demander? Je sais que ça n'a rien à voir avec la limonade. Tu me parais trop sérieuse.

Parfois, mon père peut être très perspicace.

— C'est vrai, dis-je. C'est… c'est à propos de maman. Tu sais, à ce pique-nique la plupart des enfants étaient avec leur mère. Ça m'a rendue triste.

— Oh! ma poulette, fait mon père en me serrant l'épaule. Ça devait être pénible.

— Oui. Mais ce n'est pas le pique-nique qui m'a bouleversée. (Je prends une profonde inspiration avant de continuer.) J'ai découvert quelque chose. Sur mon passé. Sur mes grands-parents.

Papa me regarde, intrigué.

— Tes grands-parents? Qu'est-ce qu'ils ont?

— J'ai découvert que j'ai vécu chez eux quelque temps et qu'ils voulaient que je reste avec eux pour toujours. J'ai lu des lettres. Je sais bien que je n'aurais pas dû, mais c'était plus fort que moi. J'ai aussi surpris ta conversation avec ma grand-mère.

Voilà. Tout est dit.

Mon père a l'air vraiment étonné.

— Mais Anne-Marie, ça ne te ressemble pas de…

— Je sais, et je m'excuse, dis-je. Mais tu sais, tu me dois des excuses, toi aussi.

Il lève les sourcils.

— Des excuses ?

— Oui. Pourquoi m'as-tu toujours laissée croire que je n'avais pas d'autre famille que toi ? Pourquoi ne m'as-tu jamais parlé de mon séjour chez mes grands-parents ? Et d'abord, pourquoi m'as-tu envoyée chez eux ? (Soudain, je sens la colère monter en moi.) Et puis, que vas-tu faire quand la travailleuse sociale dira à ma grand-mère que tu n'es pas un bon père ? Elle veut me reprendre et elle n'aura aucun problème à obtenir ce qu'elle veut.

— La travailleuse sociale ? Voyons, ma chérie, que vas-tu chercher là ? C'est du passé tout ça. Où as-tu été pêcher qu'une travailleuse sociale était impliquée là-dedans ?

Je lui raconte la visite de la dame et tout ce qu'elle a pu voir et entendre : Louis, le torse nu, la musique au maximum, les œufs cassés.

Un grand sourire éclaire soudain le visage de papa.

— Oh! Anne-Marie. Mais tu t'es énervée pour rien! Cette dame est simplement venue pour le recensement. Elle voulait savoir combien de gens habitaient la maison.

Je pousse un énorme soupir de soulagement.

— Et ce téléphone de ma grand-mère? Elle a dit qu'elle voulait que je retourne chez elle.

— En visite, ma poulette, en visite. Elle veut juste te revoir avant de mourir.

Mon père me prend la main.

— Je vais te raconter toute l'histoire. Quand ta mère est morte, j'étais ravagé par le chagrin. Je savais que je ne pouvais pas m'occuper de toi comme il le fallait. Pas au début, en tout cas. Alors j'ai demandé à Solange et à Raymond de s'occuper de toi quelque temps. Ils étaient ravis de t'avoir et ils ont même essayé de me convaincre de te confier à eux pour toujours. Mais une fois que j'ai été rétabli, j'ai voulu te reprendre. Je suis ton père, non? Je t'aimais, je t'aime encore et je t'aimerai toujours.

Il a les larmes aux yeux.

— Nous nous sommes un peu querellés pour avoir ta garde, mais tout a fini par se régler sans trop de problèmes, poursuit papa. Solange et Raymond ont compris que tu étais à moi. Et après, nos relations ont presque cessé. Ils se disaient que te revoir leur ferait trop de peine et j'étais d'accord avec eux. C'est tout.

— Trop de peine ? Pourquoi ?

— Parce que tu ressembles beaucoup à ta mère et que tu as les mêmes attitudes, répond papa après un moment de réflexion. Au début, ça me bouleversait aussi, mais à présent, ça me rend heureux.

Il me serre dans ses bras.

Je le serre moi aussi, très fort, et les larmes me montent aux yeux.

— Je t'aime, papa. Je suis contente que tu aies tout fait pour me garder avec toi.

— Moi aussi... moi aussi, répète-t-il, sa tête appuyée sur la mienne.

Ce soir-là, je vais me coucher complètement épuisée, mais bien plus sercine que les jours précédents. Toutefois, une autre question me turlupine : maintenant, je sais que j'ai une grand-mère et qu'clle veut me voir. Qu'est-ce que je dois faire ?

CHAPITRE 13

Samedi

Que les familles sont donc com-
pliquées, de nos jours! Je ne
connais pratiquement personne
qui ait une famille normale,
ordinaire. À peu près tout le
monde a un beau-père ou une
belle-mère, des demi-frères ou des
demi-sœurs ou autre chose de ce
genre. Pas facile de s'y retrouver.
D'un autre côté, c'est amusant.
Moi, j'aime bien voir tous ces gens
venir s'ajouter à ma vie.

Ces temps-ci, Christine pense beaucoup à la famille. C'est le jour du pique-nique, le même qui s'est terminé par la discussion avec mon père. Christine est chez elle à garder David, Émilie, Karen et André.

Chantale Chrétien, une amie de Christine et membre associée du Club, est venue la voir. Elle lui raconte la réunion de famille à laquelle elle vient de participer.

— C'était super, dit Chantale. Tout le monde portait un t-shirt avec « Réunion de la famille Chrétien » écrit dessus. On avait tous un insigne avec notre nom et celui de nos parents. J'ai rencontré des tas de cousins que je ne connaissais même pas et nous avons joué au volley-ball et à toutes sortes de jeux.

— Fantastique ! dit Christine. As-tu rencontré de vieilles personnes qui connaissaient l'histoire de la famille ?

— Oui, c'était merveilleux. Dans l'après-midi, après le pique-nique, les plus âgés se sont rassemblés et ont parlé du passé. Un de mes oncles a filmé l'événement et il doit en faire des copies pour tout le monde.

— Si on jouait à une réunion de famille ? dit Karen. Moi, je serais l'arrière-grand-mère.

Elle prend un bâton pour faire une canne et se met à claudiquer.

Christine réfléchit.

— En tout cas, si ma famille à moi devait se réunir, ce serait pas mal compliqué. Quelle serait la relation entre mes cousins et Karen et André ? Demi-cousins ?

— Oui, et si tes cousins avaient des enfants, ce serait des petits-demi-cousins ! Ou quelque chose de ce genre.

— Et s'ils avaient des beaux-fils et des belles-filles, ils deviendraient petits-petits-demi-cousins, et ils ne seraient presque plus rien !

— Zinzin ! fait Émilie, en souriant.

— C'est ça, Émilie, dit Christine. Tu as été adoptée par une famille de fous.

— À la réunion de famille, quelqu'un avait dessiné un immense arbre généalogique, dit Chantale. C'était très utile.

— On pourrait en faire un, propose Karen.

Elle laisse tomber sa canne improvisée et court chercher du papier et des crayons. Elle étend le papier par terre et se met à écrire.

— Karen Marchand, dit-elle en inscrivant son nom.

— Un bon début, dit Christine. Maintenant, écris le nom de tes parents au-dessus du tien et trace des lignes pour les relier à toi.

Karen ajoute les noms, puis observe son tableau, un peu hésitante.

— Mais où je mets ma belle-mère ? demande-t-elle.

— Trace une ligne à côté de ton père, et inscris le nom de ma mère. Ensuite, sous eux, écris mon nom et celui de Charles, Sébastien, David et Émilie.

Karen se concentre tellement qu'elle sort la langue en écrivant.

— Et Nanie ? dit-elle.

— Nanie va au-dessus du nom de ma mère. Il faut aussi que tu places le nom de mes tantes.

— Et moi, je suis où ? demande André en regardant par-dessus l'épaule de sa sœur.

— À côté de moi, répond Karen. Il faut aussi que j'inscrive les noms de nos oncles, de nos tantes et de nos cousins.

— Les cousins ! s'exclame Christine. C'est vrai, tu dois aussi mettre mes cousins. Et je ne sais pas où les frères et sœurs de papa doivent aller.

Chantale hoche la tête.

— C'est vraiment compliqué, dit-elle. Si jamais vous faites une réunion de famille, vous allez devoir louer le stade olympique.

— Ça serait super, dit David. On pourrait monter une équipe et jouer contre les Expos.

Chantale et Christine éclatent de rire.

— J'aime les grosses familles, dit Christine

après un moment de réflexion. Ça me rapproche de tellement de gens. J'aime être la demi-sœur de Karen et André, et la petite-fille de Nanie. C'est comme si tous ces gens m'aidaient à comprendre qui je suis.

— Oui, tu as raison, dit Chantale. J'adore entendre mes tantes parler du jour de ma naissance et de ma petite enfance.

Christine reste songeuse. Il n'y a pas que la famille qui puisse se souvenir du passé. Les amis le peuvent aussi. Sa mère connaissait mes parents bien avant ma naissance. Christine décide d'en parler à sa mère dès qu'elle rentrera.

Une fois terminé, le tableau de Karen ressemble à une carte routière. Il y a des lignes dans tous les sens, des noms écrits un peu partout. Christine aide Karen à l'accrocher, puis elle se joint aux autres pour jouer à la réunion de famille.

Au retour de sa mère, elle la prend à part.

— Maman, j'ai quelque chose à te demander.

— Aide-moi d'abord à vider les sacs d'épicerie, on discutera après.

Tout en rangeant les boîtes de conserve, Christine réfléchit. Elle ne veut pas tirer les vers du nez de sa mère, mais la curiosité la dévore.

— Viens t'asseoir, lui dit sa mère quand les sacs sont vides. Bon, de quoi veux-tu me parler?

— D'Anne-Marie. De son enfance. Que s'est-il passé quand sa mère est morte?

— Oh! fait la mère de Christine en hochant la tête. C'était vraiment triste. On savait tous qu'Alma était malade, mais personne ne s'attendait à ce qu'elle parte si vite. Nous n'étions pas amies intimes, ton père et moi venions tout juste d'emménager dans le quartier, mais elle était charmante. Elle nous avait apporté un gâteau renversé pour nous souhaiter la bienvenue et m'avait offert de m'aider à déballer nos caisses.

— Et ensuite?

— Après son décès, monsieur Lapierre était affreusement déprimé. Il avait l'air complètement perdu. Et quand Anne-Marie se mettait à pleurer, il ne savait plus quoi faire. Il ne semblait pas savoir comment se comporter avec un bébé.

— C'est pour ça qu'il l'a confiée à ses grands-parents?

Ma mère me jette un regard étonné.

— Je suppose, oui, dit-elle. J'avais oublié ça, tu sais. Ça fait si longtemps. Mais c'est vrai qu'Anne-Marie est allée vivre chez ses grands-parents. Après son départ, son père a sombré encore plus. Sa fille lui manquait beaucoup, je pense.

— Alors, elle est revenue?

— Dès qu'il s'est senti prêt, il l'a reprise avec lui. Comment ai-je pu oublier cette époque? À présent, je m'en souviens comme si c'était hier. Un jour, un peu après le retour d'Anne-Marie, j'ai rencontré Richard qui lui faisait faire une promenade en poussette. «C'est ma petite fille, m'a-t-il dit. Elle est belle, non?» Pour la première fois depuis deux ans, je l'ai vu sourire. J'ai failli pleurer de joie.

(Christine m'a dit plus tard que sa mère avait les larmes aux yeux en lui racontant tout ça.)

— Donc, il a toujours voulu la ravoir? demande Christine à sa mère.

— Évidemment! C'était sa fille!

— Mais pourquoi ne m'en as-tu jamais parlé? Pourquoi ne l'as-tu jamais dit à Anne-Marie?

— J'avais simplement oublié ces événements pénibles pour les Lapierre. Je ne voulais rien vous cacher. De toute façon, tout a fini par s'arranger. Richard était un père formidable et Anne-Marie est devenue une jeune fille heureuse et sereine.

— Pas si heureuse que ça, ces temps-ci.

Christine raconte à sa mère ce que j'ai découvert et mes craintes de voir mon père m'envoyer de nouveau chez des étrangers.

— Pauvre Anne-Marie, fait madame Thomas. J'espère qu'elle a parlé à son père et qu'elle est maintenant rassurée.

Le soir, Christine me téléphone pour me rapporter sa conversation avec sa mère et je lui parle de l'entretien que j'ai eu avec mon père.

— Donc, je crois que je m'en suis fait pour rien, conclus-je.

— En effet, dit Christine. Même si elle n'était qu'une voisine, ma mère savait à quel point ton père t'aimait.

— Je vais bavarder avec ta mère un de ces jours, dis-je. Je veux qu'elle me parle de maman. Et j'irai lui porter un gâteau renversé. La recette de ma mère doit bien être quelque part.

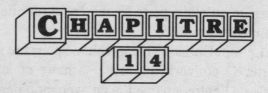

CHAPITRE 14

Holà! Attention!

Louis se précipite sur le vieux Marcoux qui allait tomber la face contre terre.

Pas le vrai, évidemment. Le personnage en carton. C'est la Journée des Souvenirs et nous montons notre stand. Le terrain de l'école grouille de monde.

J'aide Claudia à installer les personnages, puis je recule de quelques pas pour juger de l'effet.

— C'est super! dis-je. Christine, prends le polaroïd. Je veux voir de quoi j'ai l'air, photographiée avec eux.

Je me place entre deux des personnages et je fais une grimace. Christine prend une photo. Quand celle-ci apparaît, nous éclatons de rire.

— Super! fait Christine. On dirait de vraies personnes!

— Magnifique ! s'exclame Jessie. Accrochons-la à la vue des gens pour leur montrer de quoi ils auront l'air s'ils font de même.

— Non, dis-je, soudainement gênée. Je n'ai pas envie de voir ma photo exposée. Prends-en une autre. Vas-y, Diane.

Diane se place à côté du vieux Marcoux et passe ses bras autour de lui. Elle le regarde d'un œil amoureux.

— Tu es chou, vieux Marcoux, dit-elle en rigolant.

Sophie prend la photo.

— C'est formidable ! s'écrie-t-elle quand la photo sort. Voici Diane et son nouveau fiancé !

— Sophie, tu as eu une idée fantastique, dit Christine.

Je sais que c'est dur pour elle de l'admettre, parce que d'habitude, c'est elle qui a les meilleures idées. Mais elle a raison. Je crois que notre stand va remporter un succès bœuf.

Nous accrochons la photo de Diane, juste à côté de l'affiche peinte par Claudia, et sur laquelle elle a écrit : « Faites-vous photographier en compagnie d'une célébrité de Nouville ! »

Le stand voisin est tenu par des élèves de troisième année qui vendent des cartes du Vieux-Nouville. En face de nous, des professeurs offrent des rafraîchissements et des biscuits.

Dès que le stand est monté, les clients affluent. Nous avons décidé de travailler par équipes successives. Diane, Christine et moi sommes les premières. Diane prend les photos, j'aide les gens à se placer et Christine recueille l'argent. Le vieux Marcoux est très populaire, tout le monde veut se faire photographier en sa compagnie.

Après un moment, Jessie, Marjorie et Claudia prennent la relève. Christine part à la recherche de David, Karen et André. Diane et moi faisons le tour de l'exposition.

— Extra! Extra! Lisez les nouvelles du temps passé! crie Joël Picard en s'avançant vers nous, un journal à la main.

Il est vêtu comme un crieur de journaux de l'époque : culotte bouffante, veston et casquette. Mais il a gardé ses souliers de sport vert olive avec des lacets orange.

— Extra! crie-t-il encore. Le docteur Martin vient d'acheter la première automobile du village! Les voisins affirment que jamais ce genre d'engin ne supplantera le cheval!

Nous lui achetons une copie du journal, composé et imprimé par les élèves de sa classe.

— Super! commente Diane. Ils ont vraiment bien travaillé. As-tu vu cette photo de Nouville après une tempête de neige?

Nous nous arrêtons ensuite devant une petite estrade aménagée près du terrain de base-ball. Les camarades de classe de Claire Picard chantent les chansons qu'ils ont apprises. Malgré qu'ils trébuchent parfois sur certaines notes ou certains mots, ils ont l'air de bien s'amuser. Je fais un clin d'œil à Claire.

Quand les petits ont terminé, les élèves de deuxième année nous présentent leur sketch. Margot sait bien son rôle, mais elle ne peut pas s'empêcher de pouffer de rire chaque fois qu'elle regarde le garçon qui joue son mari. Le public ne semble pas s'en formaliser et, à la fin, applaudit à tout rompre.

Puis, c'est au tour de la classe de Vanessa de venir réciter son poème épique. Au bout de quelques vers, Diane et moi, nous nous regardons. Le poème est joli, mais nous devons continuer notre tournée.

À côté de l'estrade sont exposés les arbres généalogiques qu'ont faits certains enfants. Charlotte est debout devant le sien. Elle resplendit de bonheur en le montrant aux gens.

— Bonjour, Charlotte, dis-je. Dis donc, quel beau travail !

Elle a fait un montage avec les photos qu'elle a trouvées et elle a dessiné un bel arbre, avec des noms sur toutes les branches. Elle a aussi écrit un texte sur l'arrivée de sa grand-mère à Nouville.

Diane et moi visitons le reste de l'exposition, puis nous retournons au stand.

— Comment vont les affaires ? demandé-je à Sophie, Louis et Chantale, la troisième équipe.

— C'est un peu plus lent, dit Louis. Je crois que tout le monde s'est fait photographier !

— On a fait pas mal d'argent, dit Chantale en brandissant des billets. La Société historique va être contente.

À la fin de la journée, j'aide les autres à démonter nos installations. Diane et moi avons accepté de garder les personnages dans la grange, au cas où on en aurait besoin un jour, et nous rentrons avec papa qui est venu nous chercher.

— C'était formidable, lui dit Diane. J'en sais bien plus sur Nouville, à présent. Et ce n'était pas aussi ennuyant qu'un cours d'histoire. Je vais aller à la bibliothèque la semaine prochaine pour en apprendre un peu plus sur Alfred Meunier.

— Alfred Meunier ? demande mon père.

— Oui, ce fou qui hante notre maison.

— Ah bon ! je vois, dit papa, un sourire aux lèvres.

Il gare la voiture près de la grange et nous

aide à y ranger les personnages. Quand nous ressortons, il se tourne vers Diane.

— Pourrais-tu nous laisser un moment, Diane ? J'ai quelque chose à dire à Anne-Marie.

— Bien sûr, répond Diane. Je vais lire dans ma chambre, ajoute-t-elle en me serrant discrètement la main.

Papa m'emmène à son bureau. Je suis curieuse et nerveuse à la fois.

— De quoi veux-tu me parler ? dis-je tandis qu'il referme la porte derrière nous.

— Je crois que le moment est venu de te donner ceci, dit-il en sortant une enveloppe de sa poche.

Je la prends. Elle est un peu jaunie et mon nom est écrit dessus.

— C'est une lettre, dit-il. Pour toi. Elle est de ta mère. (Il a la voix émue et on dirait qu'il retient ses larmes.) Elle l'a écrite juste avant sa mort et m'a demandé de te la remettre quand tu aurais seize ans. Elle ne pouvait pas savoir que tu serais si mûre à treize ans. J'espère que ça répondra à certaines des questions que tu te poses sur ton passé.

J'avale ma salive.

— Tu es sûr, papa ? dis-je en tenant la lettre serrée entre mes doigts. Tu crois vraiment que je suis prête à la lire ?

Soudain, je me sens comme une toute petite fille. Vais-je pouvoir comprendre ce que m'a écrit ma mère ?

— Oui, répond mon père en se levant pour me presser très fort dans ses bras. Tu es prête. Va donc la lire dans ta chambre.

— D'accord.

Je monte à ma chambre et je ferme la porte. Je m'assois sur mon lit, Tigrou sur mes genoux. Je tourne et retourne l'enveloppe.

— C'est ma mère qui a écrit ça, dis-je à Tigrou. Pour moi toute seule.

Ce que je tiens à la main, c'est quelque chose que j'attends depuis des années. Lire cette lettre sera comme entendre la voix de ma mère. Je prends quelques profondes inspirations, j'ouvre avec précaution l'enveloppe et j'en sors trois feuilles bleu pâle, couvertes d'une fine écriture.

Je me mets à lire.

« Mon Anne-Marie d'amour,

Comme je voudrais te voir lire cette lettre ! Te reconnaîtrais-je ? En tout cas, je suis sûre que tu es jolie. Le bébé assis à côté de moi tandis que j'écris ces lignes est le plus beau du monde. (Évidemment, c'est un peu prétentieux, puisque je suis ta mère.) Je sais que ton père t'aime beaucoup et qu'il fera tout pour t'élever comme il faut. Je sais aussi que ce sera dur pour lui et qu'il aura parfois besoin d'aide. C'est pour cela que je suis soulagée de voir que mes parents ont accepté de veiller à ce que tu aies une enfance heureuse et paisible. »

Je pense aux deux personnes sur les photos, à leur air si gentil. Mes grands-parents m'aimaient et ils ont tenu leur promesse en prenant soin de moi. J'oublie tous les préjugés que j'ai entretenus à l'égard de ma grand-mère dernièrement.

« Je donnerais tout pour être avec toi aujourd'hui, pour te voir grandir. Je t'aime tellement et je suis extrêmement triste d'avoir à te quitter. »

Je me mets à pleurer.

Je lis le reste de la lettre en pleurant tout le long. Ma mère me parle d'elle et de son enfance. Elle me raconte comment elle et papa sont tombés amoureux l'un de l'autre. Elle me raconte ses espoirs et ses rêves pour moi, et ceux qu'elle avait nourris pour elle-même autrefois.

Quand je termine ma lecture, je suis épuisée, mais heureuse. Je n'oublierai jamais ce moment.

Longtemps, je reste assise dans ma chambre, la lettre à la main. Puis je la range dans un endroit spécial et je vais retrouver mon père. Je dois organiser mon séjour chez ma grand-mère.

CHAPITRE 15

Cher papa,

Me voici donc chez grand-maman. Elle habite à quelques kilomètres du village. Sa maison est au beau milieu d'un immense champ de maïs. Elle ne cultive plus sa terre, évidemment. Elle la loue à un voisin. C'est très joli, même si on ne voit que des prés. Grand-maman est formidable. Elle veut tout connaître de moi : mes goûts musicaux, mes activités préférées, mes résultats scolaires. Mais surtout, elle veut savoir ce que j'aime manger et elle me prépare tous les jours mes plats favoris : poulet frit, tarte aux bleuets, pain maison. Je vais peser deux cents kilos en rentrant !

Grand-maman a plein de photos de maman. Nous regardons souvent les albums ensemble et elle me raconte la jeunesse de maman. Elle me ressemblait beaucoup. Elle était sensible et timide, et elle aimait les animaux. Bien sûr, grand-maman est un peu triste quand elle parle de grand-papa, mais la plupart du temps, nous avons beaucoup de plaisir à regarder les photos.

Je veux te remercier encore une fois de m'avoir emmenée au cimetière avant mon départ. C'était très important pour moi de savoir où repose maman. J'espère que nous y retournerons. J'aimerais bien y planter un rosier.

Tu me manques, ainsi que Suzanne et Diane.

Je t'embrasse, Anne-Marie

P.-S. Embrasse Tigrou de ma part.

Chère Anne-Marie,

Je m'ennuie de toi ! J'ai lu la lettre que tu as écrite à ton père et j'ai vu que tu t'amusais bien. J'espère que tu reviendras bientôt quand même !

J'ai joué avec Tigrou presque une heure hier soir, mais je pense que tu lui manques. Il dort sur ton lit toutes les nuits, même si je lui ai dit qu'il pouvait coucher avec moi.

Grande nouvelle: notre stand est celui qui a recueilli le plus d'argent pour la Société historique. Nous avons reçu une belle lettre de remerciements. À la réunion du Club, hier, Christine était tout excitée et s'est mise à échafauder toutes sortes de plans invraisemblables pour lever des fonds, mais nous lui avons conseillé de se calmer. Pour l'instant, nous voulons revenir aux choses normales du Club.

Y a-t-il de beaux garçons dans ton coin ? Raconte-moi tout. Je te promets de ne rien dire à Louis. Écris-moi vite !

Ta meilleure amie et demi-sœur pour toujours,   Diane

Chère Christine,

Tu n'en reviendrais pas de voir comme c'est paisible ici et comme le ciel est clair la nuit. Je n'ai jamais vu autant d'étoiles ! J'aime bien la région, même s'il n'y a absolument rien à faire. La ville comprend un feu de circulation, une église, un bar et un magasin général. Il y a aussi un endroit où on peut trouver des vitamines pour cochons. Ni cinéma, ni centre commercial. Rien.

Je dois t'avouer qu'au début je commençais à m'ennuyer, mais les choses se sont arrangées. Devine ce que j'ai fait hier. J'ai gardé ! On dirait que les membres du CBS peuvent travailler partout ! J'ai gardé les enfants de la ferme voisine et, crois-moi, je ne me suis pas tourné les pouces. J'ai dû leur courir après toute la journée. De la grange au potager, du grenier à la cave. Ils taquinaient les vaches et organisaient des balades

à dos de cochons. Un des garçons
a même grimpé sur le toit de la
remise et allait sauter, quand je
l'ai arrêté. (Il m'a dit qu'il l'avait
déjà fait et qu'il avait la permission,
mais j'en doute.)

Ma grand-mère est très gentille
et j'aime bien sa compagnie.
Depuis que je la connais, j'ai
l'impression de m'être rapprochée
de ma mère. Ça te semble possible?
Tu la rencontreras peut-être un
jour si elle vient à Nouville nous
rendre visite.

Pour l'instant, c'est tout. Je dois
aller écosser des pois pour le souper.
(Une vraie fermière, hein ?)

Bisous,
Anne-Marie

Chère Anne-Marie,

Comment vas-tu et comment est ta
grand-mère ? As-tu appris à traire
les vaches ?... Ici, rien de neuf.

Tu me manques beaucoup. Reviens vite !

Je t'aime, Louis

Chère Diane,

Je me sens coupable. Écoute bien ça. Hier, j'ai reçu une lettre de Louis et, le même jour, j'ai accepté de sortir avec un autre garçon ! C'est le petit-fils d'une amie de ma grand-mère. Il s'appelle Robert et il est vraiment beau. Mais je pense qu'il m'a invitée seulement parce que sa grand-mère le lui a demandé. J'ai entendu grand-maman au téléphone (je ne l'espionnais pas, je passais simplement par là) et on aurait dit qu'elle et son amie complotaient. Ensuite, Robert est venu ici pour m'inviter.

Je me demande ce que nous allons faire. Après tout, il n'y a pas grand-chose à voir dans le coin. En tout cas, je vais trouver ça bon

d'être avec quelqu'un de mon âge.
J'aime ma grand-mère, mais les
conversations entre amis me manquent.

Ne parle jamais, JAMAIS, de ça
à Louis. Je te raconterai tout dans
ma prochaine lettre.

Je t'embrasse,

Anne-Marie

Chère Diane,

Louis n'a rien à craindre. Robert
est bien beau, mais lui et moi n'avons
absolument rien en commun. Il m'a
emmenée manger une crème glacée.
Il a parlé tout le temps et c'était
ennuyant à mort. Tout ce qui l'intéresse,
c'est la voiture qu'il va s'acheter quand
il aura gagné assez d'argent. Ensuite,
il m'a demandé si j'aimais les
roches et quand je lui ai répondu que
le verbe aimer était un peu fort, il
m'a regardée comme si j'étais folle.

Les garçons de la région sont-ils

tous comme lui ? Mon cœur est à
Nouville plus que jamais !

À la semaine prochaine. Dis
bonjour à toutes les filles du CBS
de ma part.

Je t'embrasse,

Anne-Marie

Cher Louis,

Merci de ta lettre. Non, je n'ai
pas encore trait de vache et, si tu
veux savoir, je n'ai pas non plus
l'intention de le faire. Tu me
manques, toi aussi. Beaucoup.
Mais je suis bien ici et j'apprends
à connaître ma grand-mère.
Elle est vraiment super. Je crois que
tu l'aimerais autant que moi.

À bientôt.

Je t'aime,

Anne-Marie

Chère Anne-Marie,

Voici une lettre commune du CBS. En tant que membre suppléante, je te remplace comme secrétaire. Et, crois-moi, j'ai hâte que tu reviennes. J'ai beaucoup de mal à tenir l'agenda à jour sans m'embrouiller. Ceci dit, tout va bien ici et je laisse les autres te donner des nouvelles.

Je t'embrasse,

Diane

Salut, Anne-Marie ! Tu nous manques à toutes. Tu devrais voir les boucles d'oreilles que Claudia porte aujourd'hui. On dirait des palmiers. J'ai gardé Jérôme Robitaille hier ; il a cassé un vase, renversé du jus sur le tapis et fait une chute dans l'escalier. Bref, rien de nouveau. À bientôt !

Je t'embrasse, Sophie

Chère Anne-Marie,

Ce ne sont pas des palmiers, mais des cactus. Sophie confond les deux. Tu

nous manques.   À ton retour, je
vais te montrer ma dernière œuvre :
une sculpture représentant une vache
(tu pourras m'aider pour les détails
puisque tu auras une certaine
expérience comme fermière.)

Je t'embrasse XXX
Claudia

Chère Anne - Marie,

Marjorie et moi voulons
seulement te dire bonjour.
Nous avons gardé ses frères
et sœurs hier, et mal-
heureusement il pleuvait,
alors nous sommes restés à
l'intérieur. Par miracle, nous
avons survécu.

Bisous,
Jessie

Si Jessie a survécu, c'est parce qu'elle
pouvait rentrer dans sa paisible maison après.
Moi, je devais rester avec toute la marmaille.

Je songe à déménager près de chez ta grand-
mère. Qu'en penses-tu ?

Bisous,
Marjorie

Chère Anne-Marie,

En tant que présidente du Club,
je t'ordonne de rentrer AU PLUS
VITE ! Sans toi, le Club ne fonctionne
plus comme avant. De toute façon,
ma meilleure amie me manque.
N'oublie pas de me rapporter un
souvenir !

Je t'embrasse,
Christine

Chère Anne-Marie,
Suzanne et moi avons très hâte de te revoir.
Tel que convenu déjà, nous t'attendrons au
terminus mardi. Embrasse Solange de ma
part.

Ton père qui t'aime

136

Cher papa,

Que dirais-tu d'inviter grand-maman à venir à Nouville bientôt ? Elle aimerait sûrement voir où j'habite, et rencontrer mes amis. S'il y a eu autrefois de petites tensions entre vous, je crois qu'aujourd'hui vous vous entendriez bien. Penses-y. J'ai hâte de te revoir et de te reparler de tout ça.

Je t'embrasse,
Anne-Marie

Chère grand-maman,

Merci de m'avoir invitée chez toi. Je suis très heureuse d'avoir fait ta connaissance et d'en savoir davantage sur ta vie et celle de maman. À présent, j'ai l'impression de mieux la connaître. Je pense que je lui ressemble beaucoup.

Quand je suis arrivée, mardi, il y avait foule au terminus. Mon père était là avec Diane et Suzanne, mais toutes mes amies (celles du Club dont je t'ai parlé) se trouvaient là aussi. C'était merveilleux. J'avais vraiment l'impression de rentrer au foyer.

Maintenant, j'ai le sentiment d'avoir une deuxième maison, un autre endroit où je serai toujours la bienvenue. Cette maison, c'est chez toi. J'espère bien pouvoir y retourner bientôt. Papa et moi avons aussi pensé que tu ... mais il t'en parlera lui-même. Je sais qu'il est en train de t'écrire. Merci encore pour ce séjour merveilleux.

Je t'embrasse,

Anne-Marie

P.-S. Tes biscuits me manquent déjà !

Chère Solange,

Anne-Marie a beaucoup apprécié son séjour chez vous. Nous sommes très heureux qu'elle soit de retour, mais je suis vraiment content que sa visite ait été si positive. Quel dommage que nous

n'ayons pas compris plus tôt combien
vous étiez importantes l'une pour l'autre!

Je veux vous inviter à vous joindre à nous
pour Noël. Si vous pensez pouvoir faire
le voyage, nous serons ravis de vous
recevoir. Quelle que soit votre décision,
je sais qu'Anne-Marie a hâte de
retourner vous voir l'été prochain.

Mes sentiments les meilleurs,

Richard

Quelques notes sur l'auteure

Pendant son adolescence, ANN M. MARTIN a gardé beaucoup d'enfants, à Princeton, au New Jersey. Maintenant, elle ne garde plus que Mouse, son chat, qui vit avec elle dans son appartement de Manhattan, dans le centre de New York.

Elle a publié plusieurs autres livres dans la collection *Le Club des baby-sitters*.

Elle a été directrice de publication de livres pour enfants, après avoir obtenu son diplôme du Smith College.

Résumés des autres livres
de cette collection

#1 SOPHIE ET LA BAGUE DISPARUE

Sophie est bouleversée lorsque de nouveaux clients l'accusent d'avoir volé une bague de grande valeur alors qu'elle gardait chez eux.

La réputation des Baby-sitters est-elle ternie à jamais ? Mais Sophie n'a pas dit son dernier mot. Elle doit découvrir ce qu'il est advenu de cette bague !

#2 PRENDS GARDE, DIANE !

Lorsque Diane commence à recevoir des lettres de menaces et des appels anonymes, elle ne sait que faire. Les lettres sont signées « Monsieur X » et deviennent de plus en plus terrifiantes.

Normalement, elle en parlerait aux autres Baby-sitters, mais cette fois, c'est différent. Diane est-elle vraiment en danger ?

#3 MARJORIE ET FANTÔMAS

Un soir, alors qu'elle garde chez les Cormier, Marjorie entend des miaulements. Mais les Cormier ne possèdent aucun animal. Marjorie et les fillettes se mettent donc à explorer la maison.

À qui ou à quoi appartiennent les miaulements bizarres qui viennent de là-haut, dans le grenier ?